Han cantado bingo

Han cantado bingo

Lana Corujo

RESERVOIR
BOOKS

Papel certificado por el Forest Stewardship Council®

MIXTO
Papel
FSC® C117695

Penguin Random House Grupo Editorial

Primera edición: enero de 2025
Decimotercera reimpresión: junio de 2026

Printed in Spain – Impreso en España

ISBN: 978-84-10352-01-8
Depósito legal: B-19.264-2024

Compuesto en La Nueva Edimac, S. L.

Impreso en Rotoprint by Domingo, S. L.
Castellar del Vallès (Barcelona)

RK 5 2 0 1 B

A mi hermana Candela, por ser,
sobre todo, mi primera amiga

Voy a crear lo que me sucedió.

Clarice Lispector

Siempre que cierro los ojos me entra
mucho miedo de no volver a verte.

La Bien Querida,
«Dinamita»

el juego[10]

Cuando nadie nos mira, salimos por la puerta de atrás. Pisamos el antiguo aljibe. Levantamos las piernas por encima del muro y miramos hacia El Ahorcado. Las normas del juego son sencillas:*

1. No podemos usar la linterna a la vuelta.
2. Corremos de la mano.
3. Contamos hasta tres.
4. Si El Ahorcado alcanza a una de las dos, la otra sigue jugando sola.

Mi hermana y yo caminamos por el picón hasta llegar a la pared del volcán. Las noches siempre abren una puerta para que lo extraño suceda, eso hace que nuestros corazones suenen llenitos de miedo. De todos los juegos que hemos inventado, este es nuestro favorito.

*Asimismo, para este libro solo hay algo a tener en cuenta: cada número que acompaña el título de capítulo indica la edad de la voz protagonista.

papas crías[12]

Papá y mamá nos dan el culito de refresco que dejan en el fondo de la botella cada vez que se sirven sus bebidas. El siguiente es mío, Aleja está enfadada porque soy más rápida que ella. Muchas noches venimos al BAR con papá y mamá, que nos dan dos moneditas para que podamos usar los ordenadores. Esta noche aún no he gastado la mía, así que me siento y la meto por la ranura. La pantalla pasa de estar bloqueada a mostrarme el icono del tiempo que tengo disponible. Cincuenta minutos. Aleja arrastra una silla para ponerse a mi lado. ¿Jugamos juntas al juego de las habitaciones?, me dice acercando su cabeza hacia la pantalla. Jugamos a lo mismo cada vez: estamos encerradas en un cuarto y tenemos que encontrar la llave para poder escapar. Nunca damos con ella y lo único que descubrimos son objetos que nos cagan de susto. El miedo es nuestra golosina. Sin embargo, esta noche le niego el juego. Me meto en páginas aburridas para molestarla y conseguir que se vaya de mi lado, pero me mira sonriente y dulce. Vuelve como un yoyó. Como un perrito de la calle.

La cara de mi madre se refleja en la pantalla del ordenador. {¿Cómo están las niñas?} Ninguna contesta. Su voz es lenta. Pienso en las bebidas doradas y pesadas que hacen que la lengua le pierda movimiento. Arrastra una silla hacia nosotras y siento mi cuerpo como una vara de hierro. Aleja y yo apenas hablamos con nuestros padres dentro del BAR. Mi madre apoya el cubata al lado del ratón y me lo quita de las manos. Cuando me caen gotitas sobre el brazo, las chupo con la boca. {Le voy a abrir una cuenta de email a Alejandra} Sin preguntar, me roba el tiempo que me queda. Dos noches antes creó la mía. Yo estaba quietita a su lado, no me atrevía a corregir sus pasos torpes y confusos. Dejaba que se perdiera por la pantalla mientras yo miraba la cuenta atrás. Puso mis iniciales y mi año de nacimiento para el nombre de mi nuevo correo electrónico. Un nombre que no podía pronunciar al no tener vocales. No me gustaba, pero tampoco me atreví a decírselo. Las dos permanecimos delante de mi nueva bandeja de entrada, vacía de cualquier mensaje. Lo celebró dándome un beso pringoso en la frente y, cuando volvió con papá, me sentí de nuevo aliviada. Me quedaban dos minutos y no tenía a nadie a quien escribir.

Acaba de crear la cuenta de Aleja, la bandeja de entrada limpia frente a nosotras. Mi madre había escrito su nombre del revés: ardnajela. El hielo se derrite y choca en el vaso de mi madre, siendo lo único que rompe el silencio entre las tres. Mi madre enseña a mi hermana a mandar un correo y ardnajela me elige a mí como destinataria, no mires lo que te voy a poner.

Al ir junto a papá, le miro cansada de estar aquí, {ya he pedido la cuenta}, pero él me miente porque el camarero sirve otra ronda. Agarro la botella de cristal y me la llevo a la boca. Aleja me mira contenta desde los ordenadores, ¿te metes en tu email y miras lo que te envié? Le robo su buchito como ella roba mi tiempo. Mi enfado se ha convertido en algo difícil de domesticar.

Cuando se acaban los cincuenta minutos de ordenador y los buches de refresco, nos arrejuntamos en la parte de atrás del coche con los estómagos llenos de azúcar. Mi padre lo aparca delante del BAR para vernos desde la terraza. Aleja no tarda en dormirse: se echa, aprieta su lomo contra el mío y en poco tiempo su respiración es de terciopelo. A mí me cuesta porque me gusta escuchar el ruido del Mundo Adulto dentro del BAR. Los miro desde mi madriguera, que es el coche. Me resulta difícil entenderles a todos. A ellos, por ser grandes, y a mi hermana, por chinija. Soy una ruindad que no tiene hueco en ninguno de los dos lados. Pienso en el espacio que existe entre la luz y lo oscuro. Ahí estoy yo. Pero apenas nadie se da cuenta.

Papá toca la puerta del cuarto y deduzco que estoy en mi cama. Nos avisa de la hora para no llegar tarde al cole. Él vuelve a su habitación cuando me aparto las sábanas de encima y Aleja se queja del sueño. Noto mis pies pesados, aún tenemos los zapatos puestos.

una silla es una silla y mil cosas más[22]

Mi madre apenas se deshace de las cosas, encuentra tranquilidad en tenerlo todo cerca, perfectamente categorizado. Camino por la casa intentando no hacer ruido para que no despierte. Duerme durante el día y por la noche cambia los muebles de sitio o hace cantidades de comida que luego hay que tirar. Me llama desde su cuarto. {¿No ibas a ver a Abuela?} *Sí, pero perdí la guagua y la siguiente no pasa hasta las cinco.* Recuerdo la única vez que fui caminando entre los dos pueblos. Era de noche y yo me guiaba por el miedo. No recuerdo cuánto tardé, solo avanzaba sujetándome el corazón con las manos. Me mira desde la cama y me pide un abrazo. El contacto físico con ella siempre me ha dado calambre, pero soy incapaz de negárselo. Así que la abrazo y noto cómo me aprieta contra su cuerpo. El pelo le huele a tabaco y a cerveza. {Levántame en una horita y te hago de comer} Me suelta para volver a quedarse dormida. Cuando voy hacia nuestro cuarto, paso por delante del muro de pladur y la puerta de aluminio que hace años dividió la casa en dos. Al otro lado está papá; en este, mamá. A mí me tienen en las dos partes, una que está vacía y la otra, llena. Una que cree y la otra que no. Yo, traspasando la frontera según lo necesiten. Me tumbo en la litera de abajo y miro las tablas de arriba, donde dormía Aleja.

Me giro. La cama está blandita, hecha con sábanas de dibujos.

Miro la sillita de plástico que usábamos cuando éramos pequeñas. Me encanta esa silla y en todo lo que la convertíamos.

Nos sentábamos en ella cuando queríamos leer.

O pintar.

O jugar en la mesa.

La usábamos de escenario.

De apoyo para ir más arriba.

Era la colina de nuestra casa de muñecas.

Si le poníamos una toalla azul, entonces era una cascada.

Un túnel para los coches.

Una mesa para la lamparita cuando una quería dormir y la otra no.

Un caballo.

Un perro.

Una isla.

Una frontera,

que apoyábamos contra la puerta cuando ellos bebían.

Les impedíamos la entrada por unos segundos. Hasta que conseguían entrar y la arrastraban (a veces la tiraban) y nos hablaban con su voz transformada en algo lento y perdido y frustrante y doloroso. Nos dejaban, en un beso, el pringue del ron con refresco. Cuando se iban y apagaban la luz, en esa parte de oscuridad, Aleja y yo continuábamos fingiendo que dormíamos. A mí las noches siempre me costaron. El sueño tardaba tanto en llegarme que podía ver cómo los monstruos se aparecían. Entonces yo sabía que me miraban con pena y movían la silla para que al día siguiente pudiésemos volver a jugar con ella.

La pantalla del móvil brilla y leo el mensaje que me ha llegado. {Acabo de comprar los billetes. ¡En dos semanas te veo!} Siento el error como una cobija de pelo grueso tocándome cada parte del cuerpo.

érase una fiesta[10]

¿Te puedo contar un secreto? Estamos construyendo una ciudad entera en la habitación. Vamos por la comisaría. *¿Cuál?* No me gusta mi nombre. Miro a Aleja y pienso cómo la llamaría si esas cosas se pudieran cambiar. *Pues te llamaré Gusanito.* Ella se molesta. Me dice que eso no es un nombre, que ella prefiere otro, Pedro, por ejemplo. Sin embargo, en mí no hay ninguna burla. Me gusta como suena. Gu-sa-ni-to. Algo bobo y lindo. Como ella. Nos quedamos en silencio, sé que a Aleja no le gusta mi respuesta. *Bueno, pues el que tú digas.* Aleja mira hacia la pequeña tele que tenemos en nuestro cuarto. No tiene antena y solo podemos ver los discos que ponemos en la consola. Roberto habla de que no quiere una fiesta en su piso. Pero Lucía la hará igualmente. Nos lo sabemos de memoria porque lo vemos en bucle cada noche que nos toca estar solas en casa porque no queremos ir al BAR. Vemos siempre lo mismo, hay una especie de gusto en adelantar lo que va a pasar antes de que ocurra. No hay sorpresas. No hay hueco para lo que no esperamos. Todo se repite de la misma forma y eso, de alguna manera, desplaza lo terrible. Oye. Aleja vuelve a mirarme. ¿Tú piensas que puedes conocerlo todo todo todo todo de alguien? ¿El cien por cien? *No.*

¿Por qué? *Pues porque… no sé. Hay cosas que vamos a hacer o pensar y los demás no lo sabrán nunca. Y si alguien no lo conoce todo todo de ti, nunca llegará a completar el cien por cien.* ¿Y crees que eso es malo? *Hum… malo no, imposible.* No podría estar todo el rato enseñando lo que hago o contando lo que pienso. Podrían dejar de quererme. Papá y mamá podrían descubrir que me enfadan. Su cara es triste. Yo pienso que tú y yo sí que nos llegaremos a conocer al cien por cien. *¿Por qué?* Porque somos hermanas, pasamos todo el tiempo juntas. Estamos hablando todo el tiempo. *Ya, pero ¿no hay cosas que te guardas? No sé, antes de dormirte, ¿no piensas en… cosas malas?* ¿Como cuáles? *No sé.* Por ejemplo, si papá y mamá de verdad nos quieren. *En cosas.* Yo no te guardo nada. Quiero que tú me conozcas al cien por cien. *Vale. Bueno.*

las extranjeras[22]

{Mira qué cosa más chiquitita} Abuela me enseña las braguitas del bañador de Alejandra. Azul con rayas rojas. *Ese era su favorito.* {¡AY, DIOS MÍO!} Abuela levanta la voz. {¡QUÉ LE HICIMOS ESTA FAMILIA A ESTA TIERRA PARA HEREDAR SEMEJANTE DESGRACIA!}

las extranjeras[12]

Las encías me sangran. Llevo días con el sentimiento de que mi cuerpo está haciendo el mejor esfuerzo por mantenerse en su sitio. Me romperé y el dolor me empezará por la boca, y se me caerán los dientes. La luz del mediodía hace que escuezan los ojos y las dos estamos tendidas en el sillón. Paseo mi lengua por las encías recogiendo la sangre. {Sálganse más que sea un rato. Están todo el día aquí metidas como corujas} Abuela, ¿vienes con nosotras a bañarnos? {A mí la mar no me gusta} ¿Por qué? {Porque no} Abuela le peina las coletas deshechas a Aleja. Abuela. {Qué} ¿Tú sabes nadar? {No} ¿Por eso no vas? Abuela pasa por alto sus preguntas ¿Y si yo te enseño? {Que no} Aleja suspira. {Tú le tienes miedo a ir a la cocina sola y yo le tengo miedo al mar} Aleja brinca de la sorpresa y el gusto. Le encanta cuando los adultos le confían sus secretos.

Cuando salimos a la calle, nos protegemos de la luz con las manos. Cargamos con las toallas y un tarrito de cristal donde Aleja guarda todo lo que encuentra y considera valioso: tornillos, piedras, botones, trozos de juguetes, conchas. Su bañador, de rayas; el mío, naranja fosforito. El suelo quema por debajo de las cholas, pero nosotras caminamos por el litoral hasta salirnos del pueblo de

Abuela. Aleja y yo nos llevamos dos años de diferencia. Si intento fruncir la memoria y buscar un hueco donde ella no esté, no soy capaz de encontrarlo. Está conmigo desde el primer recuerdo de mi vida. Lo que no se puede llegar a recordar se olvida o se inventa. Desde el primer momento, juntas e inseparables. Ninguna tiene su propio lugar, que todo está mezclado y nosotras existimos enraladas y salvajes. Si yo alargo mi mano, al otro lado siempre está la suya, más morenita y pequeña que la mía.

Fuera del pueblo hay un hotel con piscina. Aquí no hay musgo como en el varadero. Entramos y vemos a los extranjeros tomar el sol. Aleja y yo queremos ser tan blancas como ellos y hablar sin que nadie nos entienda. Con tiras finas de hojas de papel, nos hacemos pulseras de hoteles cinco estrellas gran lujo y nos las pegamos con fiso en las muñecas. Sacudimos las toallas y las estiramos sobre una tumbona para luego intentar replicar la mezcla de idiomas que suena a nuestro alrededor. Nos sentimos ajenas y soltamos varios *oh my God* señalando El Ahorcado como si lo estuviéramos viendo por primera vez en nuestras vidas. Con las manos, imaginamos una cámara de foto donde posamos y guardamos un recuerdo dentro de nuestras cabezas. Crecemos y de repente tenemos una familia y unas hijas a las que ponemos crema por todo el cuerpo, a las que protegemos del sol colocándoles nuestras manos sobre los ojos, a las que acompañamos a meterse en el agua, a las que miramos felices por su existencia. Tenemos dos hijas que se abrazan entre ellas y a las que quitamos los zapatos antes de meterlas en la cama.

una respuesta[22]

Aleja.

Dime.

¿Te acuerdas que, de pequeñas, me preguntaste cuál era el animal más peligroso del mundo?

Sí.

No supe contestar.

¿Y ahora?

Sí.

¿Y cuál es?

No hay animal más peligroso que el que está herido.

el quince, la niña bonita[15]

Las canciones de la verbena se cuelan por la casa. Abuela está cosiendo mientras vemos la tele. Yo miro por la ventana y alcanzo a ver algunos ventorrillos a lo lejos. Hace tres años que nadie de mi familia va a las fiestas. Escucho la música y pienso en las chicas de mi edad, en bailar por primera vez, tomarme un buchito de zumo de piña y ron, dar mi primer beso a escondidas, reírme por ser un animal, montarme en los toritos, ver a Abuela metida en la carpa de la lotería, a papá y mamá en el ventorrillo, a Aleja teniendo trece años. Abuela me mira. {¿Te dan ganas de ir?} *Claro que no.*

una versión distinta[22]

Clara y mamá conversan como si también fueran amigas. Yo voy en el asiento de atrás. He pensado muchas veces en la capacidad que tiene mi madre de mostrar una cara más amable, divertida, más espontánea y feliz fuera de la familia. Pero caigo en que yo he acabado haciendo lo mismo. Dentro y fuera de la isla no soy la misma persona. Clara solo ha conocido a una de ellas, pero aquí soy igual que cuando mamá vuelve a casa y la sonrisa se le borra al traspasar la puerta. La versión que asusta y es incómoda. La más transparente y menos bella. Eso que yo también soy y que aquí, en la isla, existe salvaje. Clara hace vídeos con el móvil, tiene los ojos fascinados. En su pantalla veo El Ahorcado y asumo que llegamos al pueblo de Abuela. Cuando aparcamos frente a su casa, mamá nos ayuda a sacar las maletas del portabultos. {No le den mucha jaqueca, ¿eh?}, me susurra al oído antes de darme besos estampidas en la mejilla. Nunca quise que Clara viniera a la isla, pero las palabras correctas se me escurren solas por la boca cuando intento no salirme de ser, ante todo, una versión complaciente. Nos quedamos en casa de Abuela porque es el lugar menos peligroso. La casa del muro de pladur grita todas las verdades que le he ocultado desde que somos amigas.

{Tu familia es mucho más divertida que la mía} Estamos caminando por la pequeña avenida del pueblo, que apenas terminamos de recorrer en veinte minutos. {Y este sitio es precioso} Clara gira sobre sí misma contemplando los azules negros que tiene la marea a estas horas de la tarde. Me mira con sus ojos oscuros. Iguales que los de Aleja. ¿Te elegí como amiga porque te pareces a mi hermana? {Gracias por invitarme} Yo no soy divertida ni habladora. No soy la persona que existe fuera. Esta isla me muerde de una forma diferente.

eres tú[15]

La vecina de Abuela no deja de observarme. En un momento que me pilla sola me agarra de las manos y pone hacia arriba mis brazos. Mira las quemaduras rosadas y vivas. {Así que eres tú quien ha heredado el don}

liendres[12]

¿Me miras cositas en la cabeza? Hace un calor que raja las piedras. Estamos sentadas en el chaplón de un descampado y papá y mamá beben en el restaurante que queda a nuestras espaldas. Nuestras bocas lambuzadas del helado, nuestros dedos pringosos. Aleja se me sienta entre las piernas y agarro su pelo negro lleno de nudos y rizos hasta hacerle una coleta con mis manos. Yo le doy el palito del polo cuando me lo termino y empiezo a escarbar entre su pelo negro negrísimo. La última vez que tuvimos piojos, nuestros padres nos enseñaron a quitarnos las liendres la una a la otra. A mi hermana nunca le gustó, pero a mí me encantaba cada vez que le pasaba el peine por la cabeza y lo veía llenito de pipis que luego escachaba entre las uñas. Le pido rebuscar entre el pelo para dar con las costras y levantarlas y lucirlas fascinada en la palma de la mano. Le rasco la piel hasta que se la levanto mientras ella me habla. {Vaya un pico}, le dicen Abuela y Tío Félix. Ella habla y habla y habla y habla y apenas calla, porque siempre encuentra algo que decir. Todo lo que cuenta es amable y gracioso. Se muestra decidida ante el Mundo Adulto. Yo, en cambio, aunque quiera decir lo más mínimo, la mayoría del tiempo tengo la boca cerrada. Las palabras de Aleja para los demás son pelotas de gomaespuma con las que juegan. Cuando hablo yo, mis palabras son balines.

{Háganme el favor y dejen de hacer eso} Nos asustamos cuando oímos la voz de mamá. *¿Por qué?* Las dos la miramos. {Porque parecen aquí dos niñas buscándose los piojos y está muy feo} Agarra a mi hermana del brazo para auparla y limpiarle el chándal, yo lo hago al mismo tiempo. Pero es que estamos aburridas. {Vaya dos porfionas. En nada nos vamos} Volvemos a sentarnos con nuestros padres. El camarero deja sobre la mesa dos botellines de refresco, dos vasos con hielo y una botella de ron. Estamos molestas y mi padre lo nota, porque me da un mimo en la cabeza. {Nos tomamos esta y nos vamos} Pero mienten. Mi padre sirve el ron en el vaso de mi madre y cuando llega al suyo nos mira y sonríe. {¿Alguna lo quiere hacer?} Aleja enseguida agarra la botella con las dos manos y mi padre la guía hasta que le dice dónde parar. *¿Puedo probarlo?*, le digo. Mi madre se ríe. {Cuando seas más grandita, te jartas si quieres} Aleja termina con la primera bebida y luego agarra el botellín de refresco para echarlo también. Los líquidos se mezclan y su color se vuelve oscuro. *Tengo sed. ¿Me puedo pedir un refresco entero?* Miro a mi padre, que aprueba una y otra vez lo bien que ha servido el cubata mi hermana. {Sí, venga. Pídanse uno cada una} Aleja me mira con los ojos brillantes como la purpurina y entramos dentro para decírselo al camarero. *¿Puede ser con mucho hielo y en el mismo vaso que mis padres?* El camarero me agarra de la nariz en un pellizco y me dice que sí.

Estamos los cuatro en la mesa, con dos cubatas de verdad y dos de mentira. Al brindar, Aleja se manda el suyo de un buche y pone una mueca que les hace reír a los dos. Aleja siempre hace reír. Por eso son más buenos con ella que conmigo, porque mi madre un día lloró por mi culpa. Ellos se levantan y van a la orilla del descampado mientras fuman. Mi madre lleva su cubata, pero mi padre deja el suyo con nosotras. Chacho, yo me quiero ir ya. *Mira lo que voy a hacer.* El vaso de mi padre y el mío están a la misma altura, así que los cambio. Aleja se lleva las manos a la boca para aguantar la risa. Le doy un trago al vaso de mi padre y cierro los ojos. ¿Está bueno? *Hum… Es un asco muy rico.* Aleja quiere probar, así que le acerco el vaso a la boca. Ella lo escupe en cuantito lo sorbe. Chos, esto está malísimo. Parece el pipí de un gato. Yo me río. *Pero si nunca has probado el pis de un gato, basta.* Ella se ríe más. Mis padres vuelven y se sientan de nuevo a la mesa. Yo le doy otro buche sin hacer ni una mueca. Mi padre ahora toma del cubata falso y yo del verdadero.

hoy las estrellas están de mi parte[10]

Tío Félix, cuando es de noche y estás en tu lanchita, ¿cómo sabes qué camino seguir para volver a la isla?

{Por las estrellas}

¿Las estrellas?

{Ellas siempre te van a guiar para volver a casa}

portarse bien[12]

{Yo te llevo a casa de tu amiga, pero te llevas a tu hermana}

Pero ¿por qué? Siempre, siempre, viene conmigo a todos lados.

{ }

¿Mami?

{{{{{{{ }}}}}}}

¿Puedo ir entonces? Es para avisarla.

{{{{{{{{{{{{{{{{{{{{{ }}}}}}}}}}}}}}}}}}}}}

Mami.

{Que sí, que vale}

Mi madre está durmiendo. Falta media hora para ir a casa de mi amiga por primera vez. Cuando podemos quedar, solo lo hacemos al salir de clase, en el Teleclub o las canchas. Siempre con Aleja al lado. Hasta que papá o mamá vienen a buscarnos. Mi hermana existe como un satélite a mi alrededor. Hay cosas que me gustaría que existieran fuera de ella, pero eso enfada a mis padres. Siento que somos dos hermanas pegadas. Inseparables. Desfilando por un mismo caminito. *Mami.* Mi madre refunfuña en sueños. Me da miedo llegar tarde. La ilusión que llevo conteniendo está dando paso a la impaciencia. Ir a casa de mi amiga por primera vez es jugar con la magia. Entrar en un espacio sagrado, ver dónde duerme, dónde hace los deberes, qué juegos tiene en su cuarto. Por eso tampoco quiero que venga Aleja. Porque Aleja es mi hermana, no mi amiga. Y mi amiga es MI amiga y no suya. *Mami.* Abre los ojos llenitos de enfado. {Ay, qué perretosa estás} Me aparto un poco. Lo único que quiero es no llegar tarde. *Perdón.*

Cuando vamos en coche, el paisaje me saluda desde el otro lado. Los volcanes parecen pegatinas pegadas sobre una cartulina azul y me fijo bien por si alguno me vuelve a enseñar los ojos. Mamá aparca frente a una casa que es igual de blanca que el resto. {Dale un beso a tu hermana antes de bajar} Lo hago. {Y no me llames muy tarde, que luego hay que volver para abajo} Sí. {Y pórtate bien} Que sí. Cierro la puerta y me dirijo hacia el timbre. Mi madre espera metida en el coche. Cuando me abren, Aleja me lanza un beso volado desde el otro lado del cristal.

La casa huele a talco y detergente. Todo brilla limpio y nosotras estamos en la mesa del comedor haciendo pulseras de cuentas. Su madre viene con jugo de mango y galletas. Nos habla con la voz de turrón, esa que solo está reservada para niños y animales. Mi amiga y yo combinamos colores y formas mientras hablamos de las cosas de clase, de la guapura, de la novela de la tarde, de la familia (en bajito), del profesor de Lengua, de las niñas raras como Aleja. Acabamos las pulseras. Ella se pone la suya. {¿No la luces?} Mi pulsera es amarilla, con figuritas con forma de mariposas y estrellas. *No. Se la voy a regalar a mi hermana.*

{Oye, ¿por qué no te quedas a dormir?}

No creo que mi madre me deje.

{Pero ¿a ti te apetece?}

Sí.

{Le puedo decir a mi madre que la llame ella. Seguro que así dice que sí. Además, mis padres dicen que, si te quedas, podemos hacer pizzas caseras}

Cruzo los dedos por debajo de mi camiseta deseando que mi madre me deje quedarme. Mi primera noche sin Aleja. Sin mamá ni papá. Con mi amiga, su padre, su madre, el sitio limpio y nuestras conversaciones infinitas. Una noche de hija única. Una noche donde mi hermana no existe. Estoy creciendo y lo noto. Mamá me dice que cada vez soy más grande, {una mujercita} Hay cosas que estoy dejando atrás para siempre. La madre se asoma por la puerta con una sonrisa. {Dice que sí, pero mañana temprano vendrá a buscarte} Mi amiga y yo nos abrazamos con fuerza. Su padre hace las pizzas con nosotras. Nos enseña a estirar la masa y colocar cada ingrediente. Él se mancha la camiseta con tomate y me sorprende que nadie le regañe. De hecho, se ríen. Me explican cada paso para que un día lo haga yo también en mi casa con mi familia.

Nos quedamos a solas en su cuarto y me presta un pijama. La lamparita es la única luz encendida y nos ilumina la cara. {¿Quieres que te eche las cartas? Las regalaban con el número de este mes} Mi amiga saca una baraja preciosa llena de nombres y dibujos de formas y seres que no he visto nunca. Nos sentamos en el suelo. Me da miedo, pero no se lo digo porque no quiero que me vea cobarde. Las tira bocabajo. {Elige tres} No lo quiero pensar mucho. Señalo las que están juntas, con decisión. Las levanta y las descubre:

Carta de la muerte bocabajo.

Carta de El Ahorcado.

Carta de la torre.

¿Qué significa? Mi amiga lee las instrucciones. El Ahorcado, como el volcán que tiene Abuela detrás de su casa. Ella va contando y abre un camino con los bordes mugrientos y oscuros. El Ahorcado, mi lugar favorito. Me narra mi futuro como si estuviera contándome un cuento de terror. Siento que algo ha tomado una forma afilada y tiene puestos los ojos sobre mí, atento a que se cumpla todo lo que han cantado las cartas. Mi amiga sabe que estoy asustada y es amable conmigo. {No te preocupes. Es solo un juego. No es real} Me toma de la mano. {Qué fría la tienes}

Cuando nos vamos a dormir, agarro la pulsera de mi hermana y me la coloco en la muñeca.

un veneno[10]

Mira.
Me pongo un cigarro de papá en la boca.
Aleja me lo quita asustada.
<u>Tú también no</u>.

conversaciones con un perro muerto

NIÑA: Me encanta tu pelo.

PERRITA AURORA: ¡Brilla!

NIÑA: ¿Te acuerdas del día que llegaste a casa? Te dio miedo el sonido del viento.

PERRITA AURORA: ¡Sí! Yo aún era muy pequeña y todo de pronto era grande. Pero tú y tu hermana me acariciaron y empecé a mover el rabo de un lado a otro.

NIÑA: Mis padres no te dejaban, pero tú te subías a la cama de mi hermana por las noches.

PERRITA AURORA: No me gustaba verlas tan tristes.

NIÑA: ¿Tú fuiste feliz?

PERRITA AURORA: Sí. Y tú, ¿lo eres?

NIÑA: Mucho.

PERRITA AURORA (Mueve el rabo de un lado a otro).

NIÑA: ¿Tú recuerdas cómo pasó?

PERRITA AURORA: ¿Cómo pasó el qué?

NIÑA: ¿Cómo te moriste?

PERRITA AURORA: No. Solo te recuerdo a ti rascándome la pancita.

NIÑA: Yo tampoco lo vi, pero las dos lloramos mucho. Papá nos lo contó. Pero luego apareciste y mi hermana no me cree. ¿Por qué ella no puede verte?

PERRITA AURORA: Porque tú eres la persona a la que más quiero, Alejandra.

los seres del terror ahora son mis amigos[7]

Tengo ganas de hacer pipí y ellos vuelven a estar junto a la puerta. Me miran todo el rato. Tienen una forma diferente a la mía. Mi hermana duerme en la cama de arriba. Escucho su respiración. Se duerme mucho más rápido que yo. A mí me cuesta, porque no me gusta la noche. Cuando la luz está apagada, siempre salen ellos. Y me miran. No dejan de mirarme. Tengo pipí y me da miedo ir al baño. Tendría que levantarme y pasar por su lado sin saber qué me harían. Si estoy quieta, no se acercan. A veces caminan por la habitación. Oigo cómo hacen ruido cuando mueven los juguetes. Si los busco, sus ojos brillantes blancos miran los míos, brillantes negros, hasta que noto mi pijama enchumbado.

{Ya eres mayorcita para estar así cada semana} Mi padre está enfadado mientras tiende las sábanas en la liña. Yo miro las manchas del suelo. {La próxima vez, vas a ser tú quien las lave y las seque. Casi ocho años y todavía así} Me habla de una forma que me asusta.

Tengo ganas de hacer pipí y ellos están junto a la puerta. Me miran. *Por favor, tengo que ir al baño.* Hablo muy bajito. El grande se pone junto a mí y me tiende su mano, que es deforme y del color del piche. Yo le doy la mía con miedo, descubro que tocar la mano del monstruo se siente como agarrar pompas de jabón. Me acompañan al baño. A partir de ese momento, nunca vuelvo a mear la cama.

¿por qué?[22]

{¿Por qué se llama El Ahorcado?}

Clara le hace una foto con el móvil.

Viene de una antigua canción que siempre se canta en el pueblo de mi abuela. Cantan sobre un hombre que se ahorcó porque comenzó a ver a su mujer fallecida.

{Qué horror}

pajarito degollado[12]

La prima está embarazada. {Por andar con el chiquerío}, dice Tío Tomás, que vive gritando. El único lugar donde no puede hacerlo es en casa de Abuela. Aquí, Tío Tomás, Tío Félix y mi madre son hermanos y Abuela está por encima. Así que ella es la única que puede pelear. Con nosotras, rara vez lo hace. Dice que somos más buenas que el resto de la familia. Que tenemos fundamento. Que somos guapas y listas. Que aún estamos tocadas por la lucecita de ser las más chiquitas. Pero, si supiera nuestro juego con El Ahorcado, nos jalaría de los brazos y nos llevaría a la ermita como lo hizo con la prima cuando Tío Tomás gritó que estaba embarazada. Yo quiero ser como mi prima de grande, aunque me asuste. Cada vez viene menos a casa de Abuela. Solo cuando está triste, porque se encierra en la alcoba de Abuela y pegamos la oreja en la puerta, hasta que la oímos llorar y salimos escopetadas. Hay algo en la tristeza de los mayores que nos espanta.

Cuando nos despertamos en la mañana, la prima le está dando el tinte a Abuela. Chismean de vecinos y de Tío Tomás. No me dejan entrar en la conversación por más que lo intento. Abuela le pide que nos saque un rato de casa. El sol aprieta y colocamos las toallas en el hueco que dejan los barquitos. No me gusta bañarme aquí, pero no importa si mi prima lo decide. Nos quitamos las camisetas y dejamos piedras encima por el viento. La prima se quita el vestido y como un truco de magia aparece su panza enorme y redonda. Nunca la había visto hasta ahora. Alguien del pueblo grita algo a lo lejos. Aleja mira a mi prima con preocupación. {No me importa nada de lo que diga la gente} Entonces reímos y las tres nos tomamos de la mano para no caernos de camino al mar.

¿Jugamos? Niego con la cabeza. La prima está tumbada bocarriba con los ojos cerrados. Aleja me insiste, pero yo quiero quedarme sobre mi toalla mientras miro la pancita de la prima, redonda como un sol, subir y bajar. Qué aburrida eres. Adiós. Se va enfadada y la prima se ríe. Yo no digo nada, me acuesto sobre un lado y vuelvo a mirar la curva de su barriga. Desde esa visión, su panza tiene forma de montaña. Intento repasar su silueta con la mano alzada. Su barriga es como un huevo, como una tapa, como la superficie de un bizcocho, como la cabeza calva de Tío Tomás, como la mitad de la luna, como una boya, como una gorra, como una pastilla de acuarela, como un donut de azúcar, como El Ahorcado. Una loma casi perfecta. Si de pronto tocase su barriga, quizás crecería hasta transformarse en el volcán y entonces tendría que salir corriendo. {¿Qué haces? ¿Quieres tocarme la barriga?} Mi prima me está mirando y siento miedo, pero su voz es dulce y toma mi mano hasta apoyarla sobre la piel. Algo se mueve por debajo. Me noto el corazón igual de acelerado que las noches que Aleja y yo vamos a El Ahorcado. Me acaricia la mano sin apartarla de su barriga. Dentro de ella existe algo que tiene movimiento propio. Existe una queja y un deseo. Me pregunto de qué color tendrá los ojos. Si será niño o niña. Cómo se llamará. ¿Querrá jugar con nosotras? ¿Existirá dentro de El Ahorcado algo parecido?

Prima.

{Dime}

¿Tú le quieres?

{¿Al bebé?}

Sí.

{Mucho}

¿Lo podré conocer cuando salga?

{Claro que sí}

¿Y tu padre?

{¿Mi padre qué?}

¿Te sigue queriendo a pesar de estar enfadado?

Aleja se acerca a nosotras con un montón de piedras en las manos.

¿Por qué están llorando?

granadina de fresa[10]

Los colores de las golosinas brillan como lentejuelas en la palma de mi mano. Aleja y yo volcamos el interior de las bolsas de plástico que sobraron de la fiesta del día anterior. Nos llenamos la boca con las pastillas de colorines, tumbadas en el sofá, y las escachamos hasta que se hacen líquidas y se nos queda la lengua toda colorada. Hace calor y estamos faltando a clase. El cumpleaños de Tío Félix duró toda la noche y papá y mamá duermen, así que mi hermana y yo estamos enraladas desayunando todas las chuches mientras vemos los dibujos. Portarse mal: no ir a clase, desayunar chuches, seguir en pijama.

Cuando oímos la cisterna del baño nos limpiamos el azúcar de la boca deseando que ya sea tarde para ir al colegio. Nuestros padres se levantan y se hacen café. Cuando les veo la cara, están con sueño y encienden sus cigarros. Ninguno habla. Papá abre la ventana y entra aire caliente. {Vendrá calima} Descubrimos que en el Mundo Adulto también existe la irresponsabilidad y, de pronto, los cuatro somos iguales. Actuar bien es la línea que separa nuestros mundos. Mi madre cambia de canal y el salón vuelve a ser suyo. Aleja y yo nos escurrimos hasta el suelo y vamos a jugar al cuarto. Mañana iremos a clase y diremos que hoy pasamos el día con fiebre.

nuestro juego favorito[22]

Al atardecer, el sol corta a cuchillo la silueta de los volcanes de la isla. La imagen es salvaje, hermosa, brillante, roja, bruta. Apenas dura nada porque está dejando paso a la noche. Esta luz de la tarde es la forma de la ternura. Un trozo chiquito que no asusta ni mete prisa. Esta noche habrá luna nueva y la oscuridad abrirá la boca, la grieta que da paso a las monstruosidades.

{Les dejé unos filetes encima de la mesa, para que cenen} Aparto la servilleta de encima del plato y sirvo la comida. Clara y yo cenamos juntas mientras Aleja me cuenta sobre caballitos alados. Corto en trocitos pequeños el filete. Miro por la ventana. Sé que está ahí, El Ahorcado. Muerdo el pollo.

nuestro juego favorito[12]

Está anocheciendo y huele al perfume con forma de osito que Abuela se echa antes de salir. Cada sábado, después de cenar, se va a al garaje de una de las vecinas a jugar al bingo. Vuelve de amanecida y yo intento aguantar despierta para verla llegar, pero no lo consigo. Cuando Abuela sale, hay un trozo de tiempo en el que mi hermana y yo nos quedamos solas, esperando que Tío Félix vuelva de faenar. Abuela se pinta los labios mientras mi hermana y yo comemos nuestra comida favorita que nos hace Abuela: filetes de pollo empanados. Aleja me mira con la boca llena. Le sonrío. En cuanto se vaya, jugamos. {Bueno, esperen aquí a Tío Félix tranquilitas viendo la tele} Abuela cuenta las moneditas que tiene en su cartera. Abuela, trae muchas perritas y así mañana nos compras chuches. Aleja la hace reír. Nos da un beso en la frente y quedamos marcadas con sus morros. Cuando se va, cierra la puerta de la entrada con dos vueltas de llave y nosotras nos levantamos al toque para ponernos los tenis. Reímos con nervios mientras nos calzamos y agarramos cada una su pulóver. Nunca nos han pillado salir. Vamos a la parte trasera, donde está la cocina. Encima de la nevera, está la llave de la puerta del patio. Cuando salimos, el frío se nos mete en el cuerpo como un gusano. Puedo oír las olas rompiendo contra el varadero y pienso en Tío Félix y su lanchita. Las olas revueltas y ansiosas porque hay luna llena. La silueta de El Ahorcado, magnífica y redonda. La luz de la luna dibuja su figura como el azúcar glas. Parece la barriga embarazada de mi prima cuando está tumbada bocarriba. Imagino un ser ¿alado, quizás? revolviéndose dentro de esa panzavolcán. Le cuento mi pensamiento a Aleja, pero le da miedo y me dice que no le hable de esas cosas. Hoy no hace falta linterna para llegar. Nos agarramos de la mano y caminamos sobre el antiguo aljibe hasta que llegamos a la zona del muro, la frontera donde termina la casa de Abuela y empieza el volcán. El perro del vecino ladra desde la azotea. *¿Tú crees que los perros le ladran a la luna o a los fantasmas?* Nuestros tenis se hunden entre el rofe. El Ahorcado es mi volcán favorito porque es precioso, goloso y terrorífico. Mi hermana y yo siempre imaginábamos cómo sería tocarlo. Hasta que lo hicimos y ahora es nuestro juego. Respiramos agitadas. Me rasguño con una julaga y noto la sangre caer desde la rodilla, pero solo puedo mirar al frente. Aleja me aprieta la mano cuando llegamos a la zona más vertical de su ladera. Oigo nuestros corazones galopar como potrillos.

Vale. Venga. Comencemos.

<u>Cuenta tú.</u>

Vale.

Uno.

Aleja suelta una risa nerviosa.

Dos.

Nos apretamos más fuerte. Ambas levantamos la mano que nos queda libre.

Tres.

Tocamos la pared del volcán. Es rugosa. Se nos cae la arenilla entre los dedos. ¿Por qué jugamos a algo que nos da tanto miedo?

Ya.

Cuando grito, giramos hasta dar la espalda a El Ahorcado para correr hacia casa Abuela. Nos guiamos por la luz de la cocina.

Corremos sin mirar atrás para llegar lo más rápido posible; sin embargo, esa noche siento un miedo pegajoso que me empuja a hacerlo. Cuando volteo, veo dos ojos brillantes blancos que miran los míos, brillantes negros. El estómago se me sube hasta la garganta y siento el suelo temblar, como si el rofe se moviese bravo bajo nuestros pies. *Más rápido.* Apuro a Aleja porque temo caer y que las piedras nos traguen. Nuestras manos se resbalan. Nada me impide girar la cara a cada momento. El terror me resulta como esos bombones rellenos de caramelo: riquísimos, pringosos, dispuestos a embostarme. El volcán tiene ojos que me miran y dicen: «Voy a por ustedes».

Saltamos el muro y llegamos a la puerta del patio, donde Aleja se mete corriendo para la cocina. Yo me quedo en la puerta. Ha sido divertidísimo. Aleja está emocionada. Le veo las gotitas de sudor en la frente y el pelo pegado en las mejillas. Está roja. Cogemos aire y me mira esperando. Vamos al salón, que seguro que Tío Félix ya está en el garaje. Pero tengo que girar una vez más. Cuando lo hago, El Ahorcado vuelve a estar como siempre, silencioso y oscuro. Tumbadas en el sofá, me limpio con una servilleta la sangre seca de la pierna. Tío Félix nos saluda desde la puerta y se va a su cuarto. Aleja se echa catchup directamente en la boca.

¿Tú también lo viste?

¿El qué?

Cómo nos miraba.

¿Quién?

El volcán.

no sé por qué te gusta tanto[22]

{¿Qué tiene?}
¿Quién?
{Ese volcán}

{Le miras con los ojos llenitos de azúcar. Pero es una cosa bien fea}
A mí me gusta, Abuela.
{Mi padre siempre decía que cuando uno habla muy alto corre el riesgo de despertar a los volcanes. Trajeron mucha pena}
Pero si nunca lo viviste.
{Pero el dolor y el miedo se hereda dentro del cuerpo}

{Me sabe mal hasta mirarlo. Tan cerquita de la casa}

{Qué feo por Dios}

{Y el nombre, horroroso}

{Tanta gente que se quitó la vida detrás del volcán}

{Él nos maldijo}

mi animal se llama FURIA[12]

A veces quiero ser hija única, como lo es mi amiga, y que papá y mamá tengan tiempo y espacio para mirarme y ver que existo como una persona sola y no como una persona pegada a otra más chiquita. Siento que mi hermana y yo somos un ser monstruoso de dos cuerpos, dos bocas, dos cabezas y cuatro ojos y dos corazones: uno lleno de rabia y tristeza, y el otro lleno de tanto amor que no lo entiendo. Un monstruo y dos al mismo tiempo. Una siendo igualita a papá y la otra siendo igualita a mamá. Una con las uñas mordidas, la otra con los labios despellejados. Una pequeña para su edad y la otra demasiado alta para la suya. Dos polos brillando opuestos. Una que nació mientras llovía y la otra bajo la calima. Si una da un paso adelante, la otra lo tiene que dar por fuerza. Somos un mismo *pack*, uno indivisible, imposible que te lleves uno sin el otro. Si no, los adultos gritarán y dirán que es mi culpa. Si una quiere un buchito refresco, la otra también lo tiene que beber. No pongas nunca más cantidad de papas fritas en un plato que en otro, cuéntalas si hace falta, pero danos lo mismo. Somos un mismo animal con dos estómagos, dos intestinos, dos vejigas y cuatro piernas. A veces me encantaría cortármelas y quedarme siendo una única mitad. Ser la hija única que bebe buchitos de refrescos, la única a la que enseñan, la que sale en las fotos, la que no tiene que compartir el cariño, la que puede ir sola con sus amigas, la que tiene nombre propio, por la que todos llorarían si un día desapareciese. La que existe con una boca, dos ojos, un estómago, una vejiga, dos piernas y un corazón lleno de amor. Alejandra, yo te odio, te odio, te odio, te odio, te odio, te odio. Por tu culpa, yo he dejado de existir.

un muro hecho con pladur[22]

El muro de pladur separa la casa de mis padres y su manera de entender lo que nos ha pasado. Un día, el muro apareció y puso fin a las discusiones. La casa quedó fracturada. El patio trasero se techó y formó más cuartos. Solo yo podía atravesar la puerta de aluminio y tener dos cocinas, dos baños, dos habitaciones, dos salones y dos padres, cada uno en un extremo. Lo único que compartían era llanto. Mamá desde la cama y papá desde el sofá. Un lado con las mismas sábanas de pequeña, los juguetes, los dibujos colgados de la nevera. El otro limpio de recuerdos: apenas unas fotografías, muebles blancos y olor a desinfectante. Papá me protege empujándome a un futuro que nos salve de la pena. No cree en la herencia, por eso los dos riñen. Aprendí a moverme entre ellos según me conviniese, como un instinto de supervivencia. Mi tristeza se echó a un lado para permitir la de ellos.

montaña sagrada[12]

Los ojos redondos como boliches con los que me mira El Ahorcado. Mirarlos arrebatada. Comenzar otra vez el juego y girarme a la mitad, pararme y decirle: «¿Estás enfadado porque yo fui la que les abandonó?». No lo entiendes, pero mis padres me quieren adulta y los monstruos desaparecen cuando creces. Porque no soy chinija ni grande. Tan solo una niña ruin, una hermana mayor. Aleja es pequeña y tonta. Ella puede imaginar a Perrita Aurora, aunque esté muerta, pero papá me dice {controla tus pensamientos, tranquiliza la imaginación} Me repite que yo soy grande e inteligente para tanta fantasía. Yo le obedecí a medias y siento que ahora el castigo me persigue sin hacer ruido. No los dejé de imaginar, solo los enterré en mi lugar favorito. Y ahora ese lugar me clava la mirada.

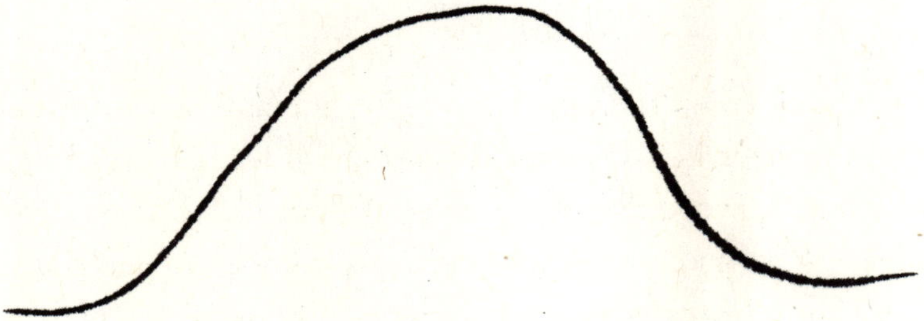

El Ahorcado

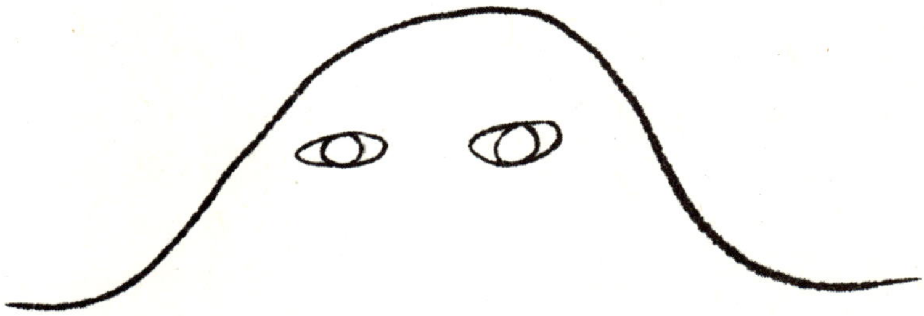

El Ahorcado cuando iniciamos el juego

machohembra[12]

Estamos en el salón con los dibujos de fondo. Aleja, en el sofá, y yo, recortando imágenes de revistas en la mesita. Hace viento. El gigante se encarga de soplar aún más durante el verano. Casi todas las palmeras están cambadas por el viento, les ha cambiado la forma. Dejan de estar rectas mirando al cielo y no hay manera de volver atrás. Esta noche, el ventoral arrastra las sillas del patio hasta que una cae. PUM. Miro a Aleja y la veo llorando sin hacer ruido. Es difícil darte cuenta cuando llora. Lo hace para ella. Me levanto y me tumbo a su lado hasta que apoyo mi cabeza contra la suya. Me da miedo cuando estamos solas. Yo eso lo sé. A mí tampoco me gusta, pero menos me gusta estar dentro del BAR. Acerco una de las revistas. *Mira, este perro tiene la lengua fuera, como Domingo.* Domingo es el perro de Abuela. Aleja ríe de a poquitos entre el llanto. Me mira y echa la mandíbula hacia delante, sacando la lengua y enseñando los dientes de abajo. Cada vez que vamos a casa Abuela, intentamos jugar con Domingo, pero nunca quiere. Tío Félix cree que tiene ya veinticuatro años, entonces le conocimos ya viejo. *¿Sabes que Domingo no es macho?* Mi hermana ya no llora y está asombradita con mi noticia. *Tío Félix me dijo que* *cuando era chiquitito, bueno, chiquitita, todos se pensaban que era macho hasta que le vieron mear raro y alguien les dijo que era una hembra.* ¿Y por qué no le cambiaron el nombre? *Abuela dice que esas cosas dan mal augurio.*

no sé cómo ayudarte[15]

Mamá. Está metida en la cama. *Mamá.* Llora mucho. *Mamá.* Cuando me acerco, rasga la tela con las uñas. *Mamá, ¿comemos algo? Tengo hambre.* Me mira con los ojos hinchados. {Ven} Me meto en la cama con ella. Me arropa y llora. *Mamá.* {Lo siento muchísimo}

no sé cómo dejar de jugar contigo[12]

No me persigas. Me da miedo. Solo quiero ir con mi hermana.
El Ahorcado me mira.
El juego termina cuando ganas o cuando pierdes.

una cartita para el alma[22]

Cuatro hamburguesas de la casa y dos de papas con mayonesa, por favor. { } *Sí, gracias.* { } *En efectivo. Cambio de veinte.* { } *Hasta ahora.* Cuelgo el teléfono. *Dicen que treinta minutos o así.* Abuela y Tío Félix están enseñando a Clara a jugar a la baraja. {¿Has llamado a tus padres?} Abuela quiere que lo haga cada día. Hace años éramos pequeñas y papá y mamá cargaban con dos niñas sin querer deshacerse de la rutina brillante y pomposa de la adultez temprana. Les gustaba la música alta, la fiesta, los efectos del alcohol. A la otra vida, en cambio, se enfrentaban torpes. El Mundo Adulto se imponía de manera contradictoria y nunca llegué a comprender por qué mi hermana y yo teníamos que asomarnos y sortear el peligro para existir frente a nuestros padres. Había dejado que el enfado y la desesperanza lo ocupasen todo y Aleja fue la mayor víctima. La miro asomada por la ventana, tiene el mundo frente a ella y no puede hacer nada con él.

Cuando vuelvo de jugar con Aleja, veo la luz de la tele reflejada en el pasillo y a Clara dormida en el sofá. Me seco el sudor de la frente cuando agarro el mando del televisor. Antes de apagarlo, veo que están echando el programa del tarot de la madrugada. {¿Hay algo que te inquieta?}

una cartita para el alma[12]

Aleja está dormida y Abuela no llega del bingo. La única luz es la de la tele. Hay un hombre contestando llamadas de la gente con pinta de brujo. Todo el mundo tiene un problema, una preocupación, una astilla, un dolor. El hombre tira las cartas como lo hizo mi amiga y me cruje el estómago. Lo hace rápido y parece que las cartas vuelan de forma mágica. Habla de aguantar y seguir, esperar y seguir, calmarse y seguir, soñar y seguir. Intenta dar consuelo, pero la gente llora al otro lado. No me gustan los llantos. Domingo entra en el salón, sus patitas suenan sobre las baldosas. Abro uno de los cajones de la mesa del centro y agarro papel y boli para apuntar el número del señor de la tele que adivina el futuro y me lo guardo en el bolsillo del pijama. Domingo bosteza y se acerca a los pies de mi hermana. Comienza a lambiarlos, qué asco. Me gusta decir palabrotas en mi cabeza. PUTO. Qué PUTADA pensar que todo me irá mal porque mi amiga me tiró las cartas y todo salió horrible. Puto. Puto. PUTO. PUTO todo. De pronto me he enfadado y siento el cuerpo arder por dentro. Quiero que Abuela regrese ya y que amanezca y que así papá y mamá vengan a por nosotras y nos lleven a casa y comerme las galletas de cubanitos que quedan en la alacena.

Oigo un chasquido y veo a Domingo chascar algo como si le costase. Está de espaldas a mí, pegadito a los pies de mi hermana. El señor de la tele anuncia que espera llamadas nuevas. Sé que está mal lo que quiero hacer, pero, como soy buena, por una maldad no pasará nada. Me levanto sin hacer mucho ruido y levanto el teléfono fijo. Mi corazón es un tambor. Domingo mastica de fondo. Alguien me saluda y luego me hacen esperar. {Tenemos una llamada entrante} oigo desde la tele. Me cuesta tragar saliva. Alguien me habla diciendo que me pasan con el señor con pinta de brujo.

{Buenas noches. ¿Cómo te llamas?}

{¿Hola?}

Carmen. Pienso en el barco de Tío Félix.

{Buenas noches, Carmen. ¿Desde dónde nos llamas?}

Desde... La Palma. Pienso en el lugar más lejano que conozco.

{La Isla Bonita} Él ríe. {Dime. ¿Qué quieres preguntar a las cartas?}

Eh... esto... ¿Me van a pasar cosas malas?

{¿Qué aspecto te preocupa, Carmen? La salud, la pareja, el dinero...}

La familia.

{¿Quieres saber si tu relación con tu familia irá bien?}

Sí.

{Bien. Vamos a ver qué dicen las cartas}

Desde la esquina, miro la tele. Las cartas vuelan. Todo es cursi y espantoso al mismo tiempo. Estoy asustada. No quiero una respuesta mala. Desde la noche en la que mi amiga me tiró las cartas, siento que algo va tras de mí, como una sombra. Escucho a Domingo, parece que se está ahogando.

{Una pérdida}

Miro al perroperra ahogarse. Dejo el teléfono bocarriba. Me acerco y descubro que está comiéndose los pies de mi hermana. Tiene la boca manchada de sangre. La piel está rajada y asoma el hueso todo roído por el perroperra. Siento ganas de vomitar. Miro a mi hermana, que está con los ojos abiertos mirando el techo. Domingo escupe por su boca trozos de carne de los pies de Aleja. Tiene algo atorado en la garganta.

{No será fácil, pero podrás sostenerte en las personas que te quieren}

Noto cómo me chorrea el sudor desde la nuca. Quiero alejarme. El techo es altísimo. La lámpara cambia de forma. Domingo vuelve a chascar y oigo cómo escupe al fin el trozo atascado.

{Carmen. ¿Sigues ahí?}

Estoy llorando y me entra la sal por la boca. La luz de la tele es azul. Oigo la puerta abrirse. *Abuela. No me encuentro bien.*

Me despierto y veo la cara de Aleja pegada a la mía. Me cambia un paño húmedo de la frente por otro. Abuela me ha dicho que te cambie esto. Le miro los pies. Están descalzos, enteros, sucios de andar descalza, con la piel sin heridas, con el hueso cubierto, con todos los dedos en su sitio. Veo a Domingo dormir en la camita del recibidor. Aleja me mira. Sé que tiene un maravilloso secreto que contarme porque me habla en bajito. ¿Quieres saber qué me encontré esta mañana dentro de mi zapatilla? Yo la miro. Ella alarga el puño y lo abre, me descubre algo chiquito de color blanco. Mira, un diente de Domingo.

veo, veo[10]

Ya llegan. El sonido de las llaves contra la puerta nos avisa. Aleja y yo estamos en mi cama, tapadas con la misma manta y leyendo el mismo cuento. Las noches que nos quedamos solas, compartimos la cama. {Yo también voy a ser capaz de ver uno} {Por favor, baja la voz. Ninguno va a ver ningún muerto} Mamá y papá hablan alto y parecen enfadados. Abrazo a Aleja antes de que se eche a llorar. *Seguro están de broma.* {Te lo juro por lo más sagrado} {¡Es imposible! Cuántas veces hemos hablado que eso no son más que cuentos de tu familia} {Qué vas a saber tú} {Vas a despertar a las niñas} Me bajo de la cama y me asomo un fisquito por la puerta. Mamá está apoyada en la pared del pasillo, sosteniéndose la cabeza. {No veo nada} Papá resopla. {No puedo con esta perreta que tienes de ver lo que no existe} Mamá se limpia las lágrimas. {¿Por qué soy la única que no puede verlos?}

9.35[15]

{¿Cuándo crees que comenzaste a tener esos sueños?} El médico no me mira. Teclea rápido con los ojos fijos en la pantalla.

Cuando era muy niña. Papá me espera fuera de la consulta.

{¿Qué ocurre en ellos?}

Que castigo a las personas que quiero.

érase una avería[12]

Miro al sol a los ojos. Antes, cada vez que dibujaba, le pintaba ojos a cada cosa. Pensaba que, bajo dos puntos de color, los sentimientos se aparecían. Ver el mundo es un camino abierto para que el corazón se nos rompa o se nos hinche. Por eso se los dibujaba a los árboles, a las piedras y al sol. Era triste imaginarlos en la oscuridad. Hasta que {ya eres grandita para eso} dejé de hacerlo. Porque las normas me asustan y yo cumplo, porque {las hermanas mayores marcan el camino} El sol me hierve en la cara, el resto está dentro compartiendo café y tabaco. Miro El Ahorcado, tan redondito como una barriga. *¿Puedes mirarme ahora? ¿Otra vez?* Escucho los pasos de Aleja sobre el picón como si estuviese escachando cereales. Ella pasea mientras yo estoy sentada dejando que la luz me queme, esperando que el volcán me mire. Pienso en El Ahorcado con dos ojos y el sol con dos ojos y en Alejandra con cuatro ojos y en un perenquén gigante abriendo la boca para comerse a papá y mamá. Mi mente, el único lugar en el que puedo ser salvaje. Pienso en los cuatro monstruos que viven dentro de El Ahorcado, porque {deja de pensar en lo que no existe} Me prometo ser buena, hacer caso, porque prefiero que me quieran y dejar d… ¿Por qué lloras? Aleja se agacha hasta quedar a mi altura. Yo me seco los cachetes con las mangas de la sudadera. *Idiota.* ¿Y ahora qué te he hecho? Aquí viene la rabia. La siento como cuando la marea se recoge antes de formar una serie de olas. El sentimiento crece dentro de mí. La luz del sol estalla. *¡Que eres tonta del culo!* Y entonces la empujo y cae de espaldas hasta que comienza a llorar. Tú sí que eres tonta del culo. Me da una patada desde el suelo y yo le devuelvo un golpe en el brazo. Comenzamos a pelear como dos gatos de la calle. Las dos llorando. Las dos con las mejillas encarnadas. Llenitas de desespero. Somos un nudo de piñazo limpio y patadas y arañazos y jalones de pelo hasta que las manos de Abuela nos pellizcan a cada una para separarnos. {Paren de una vez, que parecen fulas. Qué tristeza que ustedes se anden peleando con estas formas. Coño ya} Las dos seguimos llorando. {¿Ustedes no se dan cuenta de que el día de mañana ninguno de nosotros estará y solo se quedarán la una con la otra? Las hermanas no se pelean. Se quieren. Así que ahora mismito se están pidiendo perdón} Nos miramos con los ojos como charcas, tan claritos y tan llenos de agua que podríamos reflejarnos en ellos. Ninguna tiene ganas de abrazarse, pero pronto oímos cómo nuestros padres salen por la puerta de la cocina sosteniendo cada uno su botellín. Nos agarramos de la mano tímidas ante el mundo. Las hermanas no se pelean y los padres no deberían dar miedo.

torre bocabajo[12]

Cuando el reloj de cuco suena, Abuela se sobresalta y deja de roncar. Llevo mirándola largo rato con algo que decirle. Una pelota en el estómago llena de bichos carreteros y picón me araña por dentro. Quiero contarle lo que me tiene asustada. La noche del juego de las cartas alguien se levantó y lleva intentando alcanzarme desde entonces. Quiero que Abuela me rece y me salve.

Abuela.

Me mira con cansancio.

¿Te puedo contar una cosa?

{Dime}

Pero prométeme que no te vas a reír.

{A ver}

No, pero prométalo.

{Lo prometo}

Siento que hay algo que… como que… a ver, como que algo, siento que, como si algo estuviese a punto de ocurrir. Algo horrible.

Abuela se pone las gafas.

{No te entiendo}

El otro día fui a casa de mi amiga y, en la noche, me tiró las cartas.

Pero todo lo que salió fue malo. Y siento que es verdad. Que pronto va a ocurrirme algo que no quiero que pase. Me duele la barriga todo el tiempo. Tengo miedo.

Abuela me toca la pierna en una caricia. Me resulta raro.

{Por Dios, como si cualquiera pudiera echar las cartas. No sirve de nada si la persona que las tira no sabe lo que está haciendo} Ella me habla mientras se levanta y rebusca en la lata de costura. {Y yo no veo que dos chinijas sepan hacerlo bien} *No.* Pienso en el señor de la tele. Él también me habló de las cosas malas. *Pero…*

{¿Qué pasa?}

No, nada.

Abuela saca un ovillo de lana roja.

Pero si me las tira alguien que sí que sabe, ¿quiere decir que va a pasar?

{Vamos a ver, ¿cuántas veces te han tirado las cartas?}

Solo una. Mi amiga.

{Vaya, vaya, no te preocupes}

Abuela me agarra del brazo y rodea mi muñeca con el cordel rojo. Separa con sus dientes el trozo de la bola y hace un nudo fuerte que me aprieta la piel. Pero no me quejo.

{Esto te va a proteger}

¿Sí?

{Sí}

Gracias, Abuela.

Ella se levanta y se va a preparar café. Yo miro a mi hermana, que está durmiendo en el sofá. Le cuelga un brazo. En su muñeca está la pulsera de cuentas que le hice la noche de las cartas. Ahora yo tengo otra. Las tenemos en el mismo brazo, el derecho. *Estamos salvadas*, susurro muy bajito.

jugando a las cocinitas[7]

{Qué pesada, ¡que no!} La voz de papá es fuerte, igual que los tambores cuando los tocamos en clase. El ruido me asusta como si tuviera dientes. Me dan ganas de salir corriendo, pero no lo hago y dejo la comida que había preparado encima de la mesa. Alejandra llora y papá le dice {ajó ajó} con una sonrisa que para mí no tiene. Para mí, el ruido.

{Venga, deja de jugar y lávate las manos que vamos a cenar} La voz de mamá es como un silbato. Agarro los platos y las cucharas y las llevo hasta mi cocinita. Tiro la comida que solo veo yo y que papá no quiere. Nos sentamos a cenar los cuatro. Alejandra encima de las piernas de papá: está mimosa porque tiene un poco de fiebre. Me mira con sus ojos negros hechos de arena de volcán y mastico con la boca abierta porque le hace gracia. Mezcla la risa y el llanto y no puede parar de mirarme. *Aaahpfff.* Si hago sonidos, ella se estalla y olvida lo que le duele. Mi padre suspira. Yo mastico con la boca abierta grande para que mi hermana siga riéndose. Mi madre suspira. *Mira, Alejandra.* Pellizco con el tenedor otro trocito de pescado, pero mi padre me levanta y me tira de la camiseta. {Ya está bien. Tu hermana mala y tú bobiando. Se acabó. A tu cuarto} Solo yo oigo cómo golpean cien tambores con rabia mientras mi padre me jala por el pasillo. Oigo cómo Alejandra llora desde el comedor y me toco el vientre, que ahora es de fuego. Los demás hacen ruido. Mi padre, como los tambores. Mi madre, como los silbatos. Mi hermana, como los truenos. Salvo yo, que no tengo ruido, porque si tuviese uno, aunque fuese chiquitito, sería peor. Golpeo la almohada. Le doy patadas a la pared. Me clavo las uñas en el vientre. Tengo las lágrimas calientes. Me meto bajo las sábanas y grito sin que ningún sonido me salga por la boca.

Me duele la cabeza y estoy a oscuras. Alejandra duerme en la cama de arriba, pero yo no puedo. Me pican las plantas de los pies, me molesta el pijama, siento la etiqueta de la camisa rasparme la piel del cuello, las mantas me pesan y las tiro de un empujón. Ellos están ahí. Me miran con sus ojos blancos y me hacen señas, como diciendo: «Ven, ven». Hacen así con la manita. *No puedo.* Les hablo en voz baja. Casi sin despegar los labios. Pero ellos me oyen. El más alto abre la puerta y los otros tres le siguen, me levanto para ir con ellos. *¿Dónde van? Esperen.* Me espanto cuando veo que se dirigen al cuarto de mis padres. Camino de puntillas. Noto el corazón en los oídos. *Oigan.* Consigo asomarme por la puerta, sin entrar mucho. Hay luna llena. Veo las caras de papá y mamá y a los monstruos rodeando la cama. El más redondo tiene un cuchillo en las manos y lo acerca hacia ellos. Yo me muerdo la mano. No quiero que lo hagan, y al mismo tiempo soy incapaz de decir nada. Toman el pelo de mamá y comienzan a cortarlo a tajos. Ella duerme y sueña mientras mis monstruos van cortando mechón a mechón. Los cuchillos se deslizan como si estuvieran bailando. Estoy asustada y aliviada. Uno de ellos me mira y alza el cuchillo. *No. Ya no estoy enfadada con ellos. Por favor. No les hagan daño.* Suplico. Me pongo de rodillas. Junto las manos. Les rezo como he visto hacerlo a Abuela. *Por favor. Por favor.* Me miran a la vez. Todos con su cuchillo levantado. Me echo a llorar cuando los clavan encima de los cuerpos durmientes de mis padres. Los rajan y me duele. Apoyo la frente contra el suelo. Está fresquito. Yo estoy ardiendo. La luz se prende de golpe. {Pero ¿qué haces aquí?} La voz de mi padre ya no es tambor, ahora es una flauta. Suavita. Mi padre me coge en brazos. Le miro el pelo. Me lo enredo entre los dedos llenitos de lágrimas y babas. Me toca con su mano la frente. {¿Qué le pasa?} La voz de mi madre. Un piano. Tin. Tin. {Tiene fiebre}

el juego de siempre[22]

Clara duerme en el sofá donde dormía Aleja. Su cuerpo, más grande y adulto. Salgo por la puerta de atrás sin hacer ruido, hasta que descubro a Aleja en el patio.

¿No puedes dormir?

No.

¿Qué te pasa?

Nada.

Me siento a su lado.

¿Quieres que juguemos?

Vale.

Aleja y yo jugamos con El Ahorcado. Tocamos la pared. Contamos hasta tres. Salimos corriendo. Él nos persigue. Ella se ríe. Llegamos a la puerta de la cocina, solo con mi respiración agitada. Llevo diez años jugando a un juego que odio.

enjambre de abejas[12]

Mi amiga y yo tenemos un lunar en el mismo sitio del brazo. Nos miramos las caras en el espejo intentando encontrarnos parecidas, hermanas. Amaría tirar de ese hilo y que de pronto estuviéramos bajo una misma familia. Ella me besa en la mejilla. {Tú eres mi mejor amiga} Mejor que hermanas. La amistad está por encima. La cara de Alejandra se cuela en el espejo, no nos parecemos en nada. Ni una marca. Ni un trozo de labio. Nada nos cruza ni nos une. Salvo papá y mamá. ¿Jugamos a algo? {¡Vale! ¿A qué?} Yo no quiero jugar. Quiero seguir mirando nuestro reflejo e imaginar que tengo otros padres y otra hermana. *Vale.* Vamos a nuestro cuarto y Aleja comienza a sacar todos los juguetes. Mi casa no es como la de mi amiga. Es amarilla en vez de blanca. Está desordenada y huele a tabaco. Mis padres no están en casa. Mi hermana, mi amiga y yo jugamos a construir carreteras por toda la habitación. Nadie nos interrumpe porque el Mundo Adulto está en el BAR. No hacemos pulseras ni tiramos las cartas (espero que no las haya traído). Estamos solas compitiendo con coches de plástico. {Ustedes tienen mucha suerte} Me gusta la voz de mi amiga. *¿Por qué?* {Mira} Señala la habitación. {No tienen a sus padres pegados todito el día como lapas. Las dejan solas} A mí eso no me gusta. Cuando es de noche, nos da miedo. *Es cierto.* No tenemos ni idea de cómo ni cuándo van a llegar, solo por el sonido de las llaves sé perfectamente si es mi madre o mi padre quien abre. Yo quiero unos padres como los tuyos. *Es una suerte.* Que me enseñen a hacer pizza y me miren de otra forma. {Además, ustedes son dos. Tiene que ser superguay tener una hermana} No. Yo no recuerdo ser hija única, pero hay momentos en los que siento que no quiero a mi hermana. La miro y me come la rabia. *Sí. Eso sí.* Y no entiendo por qué. Siempre terminamos pegándonos. O gritándonos. A mí me gusta tener a mi hermana. Me incomoda la voz de Aleja. Me mira con sus dos volcanes negrísimos. {¿Saben qué les oí decir a mis padres el otro día?} A veces mi hermana no se defiende y yo le pego hasta que llora y ahí me entra la culpa y la pena. Me cuesta recordar ahora que la puedo tocar para algo que no sea cruel. *¿El qué?* Alejandra, yo te quiero. Solo que eres mi hermana. No mi mejor amiga. Es un amor más pequeño el que tengo por ti. {Que yo no fui deseada. ¿Saben a qué me refiero?} *No.* {Sí, que ellos no quisieron tener una hija. Cuando mi madre se enteró, lloró lo más grande, dicen, pero mira, aquí estoy} Si pienso en la palabra «deseo», siento como si comiese miel. A los hijos se les desea antes de que lleguen. Te quieren antes de que existas. Pero puede pasar que el deseo tenga que venir después porque no te esperan. También puede ser que el deseo nunca llegue. Deseo. Desear. ¿Y nosotras?

el siete, el revólver[7]

Aleja y yo sentadas en el muro de piedra que da hacia el varadero. Tapadas con dos toallas para protegernos del frío que comienza cuando cae la tarde. Los vecinos cantan mientras recogen las redes. Un fuego me sube por el cuerpo cuando oigo esa canción:

> {Un hombre se ahorcó,
> un hombre se ahorcó,
> para dejar de ver a su amada,
> que muerta se le apareció}

chau[18]

Por fin lo vas a conseguir.

¿El qué?

Irte de aquí. Bueno, no es que sea algo malo. Eres la única que puede hacerlo.

¿Y qué pasará contigo?

Jugaré con El Ahorcado.

Bien.

Pero.

¿Pero?

Volverás, ¿no?

Sí, claro.

¿Te gusta lo que vas a ir a estudiar allá?

No lo sé.

¿Y por qué lo haces?

Porque es la única cuerda que existe ahora mismo para que pueda escapar de todo esto.

Lo entiendo.

Perdón. Ya sabes que no lo digo por ti.

el veintidós, los dos patitos[22]

La relación con mamá empeoró durante el tiempo que estuve fuera.

{Me sabe mal que ella esté aquí sola}

{Deberías venir más seguido}

{No ha sido buena idea que te hayas ido}

{Tu hermana no se merece estar sola}

{Tu padre y tú son dos egoístas}

{No pienso mandar más dinero}

{Tu hermana está sufriendo}

Nos costaba encontrar la forma de decirnos las cosas sin acabar peleadas. Yo intentaba no hablar con ella de Aleja, pero la mesa era una trampa de la que salíamos las dos llorando. No podía evitar caer una y otra vez. Me prometía poner distancia con ella y ocupar la otra mitad de la casa, pero mi madre conjuraba con la comida y luego las cucharadas me caían como piedras en el estómago. Las conversaciones lo ponían todo en mal estado. {Si vuelves a irte, me romperás el corazón. Lo poquito que me queda}

Estoy aquí de nuevo, moviéndome a rastras. Alejandra me duele. Mi madre me duele. Papá me duele. La isla quemada y violenta me duele. Ver El Ahorcado tras la ventana es el único refugio que encuentro, una calma para esta picazón. Abuela me consuela con tazas de chocolate. Con queso y sandía o bizcochones de limón. No interrumpe mis conversaciones silenciosas con El Ahorcado. Me deja horas mirando por la ventana de la cocina, sin hablarme, sin proponer nada. Cocina y comparte conmigo. Usa la comida como un consuelo y no como un castigo. Dentro de una familia salen plantas muy distintas. A mi madre le enfada que todos hayamos heredado el don menos ella.

secretitos en reunión[10]

Abuela me busca quemaduras por el cuerpo, pero no encuentra ninguna. El Mundo Adulto habla en bajito y con los ojos. No quieren que nos enteremos. Mamá le besa la mano vendada a Aleja. {Está muy lindo que imagines a Perrita Aurora, pero tienes que tener cuidado de no tocarla, ¿me lo prometes?} Creen que realmente puede verla, entran en su mentira sin rechistar. {Esta está limpita} Abuela me tiende la camiseta. Menuda tontería todo. Se creen que, porque Aleja se queme la mano, yo voy a ser igual. Agarro todos mis dibujos y voy junto a papá, que está en la cocina, solo y con la cara molesta, igual que yo. El humo de su cigarro sale por la puerta del patio, desde donde puedo ver a El Ahorcado. *Papá.* No me contesta, solo me mira. *¿Por qué se toman en serio la mentira de Aleja?* La boca se abre y se cierra. {Tu hermana aún es pequeña, solo están jugando con ella} *Pues yo también veo cosas. Más incluso.* Se lleva una mano a la frente con pesadez. Coloco las hojas de papel encima de la mesa de la cocina. *Mira.* Voy señalando a los monstruos. El caballo alado. El Ahorcado. Todo lo que imagino está aquí dibujado. *Esto es lo que veo yo.* Papá me mira con unos ojos que no había visto antes. {En poquito cumples once años, ya eres una niña grande. ¿Sabes lo que hacen las niñas grandes? No imaginan cosas que no existen. Los amigos imaginarios son para las niñas chicas} Me sube la tristeza desde los talones. Su voz es dura. {Eres la hermana mayor, tu hermana hará todo lo que tú hagas. Tienes que dar ejemplo} Miro el vientre, donde encuentro una pelota roja hirviendo. Eso tiene que ser el dolor. Él golpea con el dedo mis dibujos. {Olvídate de todo esto. Olvídate de ver cosas que no existen} Agarra mi cara y nos miramos de frente, siento que quiere decirme algo, pero no se atreve. {¿Lo entiendes?} No. *Sí.* Mamá entra por la puerta y nos aparta. Papá le dice {no quiero saber nada de la maldita herencia} antes de irse de la cocina con un gesto cruel. Ella me mira con los ojitos de leche. *¿Por qué crees a Aleja?*

son de mala educación[10]

Caminamos hacia El Ahorcado. Aleja sostiene la linterna y yo todos mis dibujos. ¿Por qué los llevas? Camina saltando. *Quiero hacer una cosa.* Subimos por la pendiente hasta que llegamos a la zona donde comienza el juego. *Alumbra por aquí.* Aleja obedece. Camino por la veredita, buscando el lugar adecuado. ¿No vamos a jugar? *Que sí, pero espérate.* En la loma, aflora una pequeña grieta. *Aquí.* Ella coloca la linterna encima de mis manos, con las que escarbo en la tierra blanda. ¿Por qué lo haces? Cuando el hueco es un poco más profundo, comienzo a meter mis dibujos, arrugándolos para que entren todos bien. Una vez dentro, los tapo. Me miro las uñas negrísimas. Aplano la tierra con los tenis, saltando varias veces para asegurarme de que todo queda bien enterrado. Los adultos nunca miran para el volcán. Aquí estarán a salvo. Si ya no les puedo imaginar más, estarán en mi lugar favorito. *Adiós y lo siento.* Cuando volvemos al punto donde inicia el juego, las dos nos miramos. Tienes suerte porque eres pequeña y todos te lo permiten. ¿Puedo contar yo esta vez?

Llegamos a la cocina asfixiadas por la carrera. Aleja bebe agua y yo me aparto el pelo pegajoso de la frente. Antes de cerrar la puerta, miro a El Ahorcado. *Guárdame el secreto.*

perritos jodelones[22]

Existe una idea que ronda mi mente como un animal salvaje. Se luce presumido. Una idea que habita desde hace tiempo y siempre la jalo para un lado, pero, por más que le aparto la mirada, acaba brillando: la idea de no volver a ver a Aleja nunca más.

nacimiento[13]

La prima me muestra a su bebé. Es rosado y tiene el pelito rubio. Le toco una manita. Se llama Aday.

{Me da tanto miedo…}

¿El qué?

{Que le alcance la herencia}

el diez, la rosa[10]

¿Crees que hay algo después de la muerte?

No lo sé. Me da miedo pensar en eso.

¿Por qué?

Porque no me gustaría que no hubiese nada. Me imagino muerta y me angustia sentir que todo se acabó para siempre. Que no voy a volver. Así, todita la eternidad.

Yo creo que sí hay algo.

¿El qué?

Nos convertimos en otra cosa.

Ah, eso tiene un nombre. Repetición o algo así.

Pues eso. Yo siento que en la próxima vida seremos otra cosa.

¿Las dos?

Aleja se agacha y mira una piedra.

Como ellos.

Señala dos sarantontones.

Seremos dos bichitos que vayan juntos. Tú, siempre por delante.

autoficción[12]

Las risas de papá y mamá son escandalosas dentro del BAR. Aleja se está quedando dormida encima de una silla. ¿Vamos al coche? *Yo no tengo sueño.* Se molesta y mi padre la tapa con la chamarra vaquera de mi madre. Mi hermana se hace una bolita. Su cuerpo es tan menudo que siempre cabe en cualquier sitio. Por primera vez, siento deseo de hablar con mis padres. «Deseo». Esa palabra nueva que me gusta masticar y tener dentro de la boca. Me parece una palabra adulta del color del oro. Mi madre me acaricia la frente. *¿Por qué ustedes sí creen que Aleja ve a Perrita Aurora y yo no?* {Ay, por Dios, no seas traquinienta} *Solo dime por qué ella puede y yo no.* {Yo te lo explico cuando seas más grande} *Pero ¿no me dijiste ayer que ya lo era?* Mi madre cambia su mirada. Ahora lo hace con los cuchillos en los ojos. {No empieces. Se acabó el tema} {Cállate, pesadilla. A veces intentas crecer antes de tiempo} La voz de papá me molesta. Pues ustedes son idiotas. Ellos brindan de nuevo y yo me tapo la boca, aunque solo lo haya pensado. A cada maldad que crece en mi cabeza, me vuelvo más salvajienta. {¿De qué te ríes?} *¿Yo? De nada.* Se rellenan la copa antes de quedar vacías. Chocan los vasos. Se ríen con la voz pesada. *¿Puedo preguntarles una cosa?* {Dinos} *¿Nosotras* *fuimos deseadas?* Mis padres se echan a reír. Mamá me mira con los ojos aguados. {Pero qué cosas tienes} Siguen riéndose. *En serio. Mi amiga me contó el otro día que ella no lo fue.* {¿Ah, sí? ¿Y tú qué piensas?} *¿Yo? Que sí, ¿no?* Ellos no ven que temo las verdades. Me molesta que se rían tanto, no me toman en serio. {Pues sí, no sé. Nunca es el momento perfecto para traer un chiquillo al mundo, pero te buscamos al poco de entrar en la casa nueva} Buscarme. Como si hubiera estado perdida. Yo les miro mientras hablan del embarazo y la conversación comienza a levantar murallas que me dejan fuera, se miran entre ellos. {La que se nos escapó fue la otra} y brotan a reír. Mamá levanta el vaso dorado, como el deseo que ellos tuvieron de mí. Como esa búsqueda a ciegas. Ese deseo que me entero que no existió para Aleja. Vuelvo a tener una piedra de fuego en el estómago. Miro a mi hermana dormir encima de dos sillas. *Ojalá nunca te hubieran encontrado.* Pero nadie me oye entre las risas chillonas.

conversaciones con una madre muerta

HIJA: (canturrea)

MADRE: Tus nietas andan cantando todo el día la canción del ahorcado. Como tú.

HIJA: Es una canción popular. Se la oyen también a cualquier vecino.

MADRE: Es horrible.

HIJA: Pues yo la canto porque la oía de ti cuando estabas viva.

MADRE: Porque, de pronto, la tienes en la lengua.

HIJA: Bueno, son chinijas. Déjalas quietas. Y no me distraigas hoy, tengo que hacer muchas cosas.

MADRE: Eres más ruin que mierda perro.

HIJA: Lo sé, madre. Para ti, por supuesto.

MADRE: Tú no sabes, pero mi abuelo nos tenía prohibido cantarla en casa. No me había fijado tanto en la letra como hasta ahora.

HIJA: No le eches tanta cuenta.

MADRE: Tampoco nos hablaba nunca de su padre. Nadie podía mencionarlo.

HIJA: ¿Por qué?

MADRE: Lo poco que alcancé a descubrir fue que lo encontraron sin vida detrás del volcán.

HIJA: ¿El hombre de la canción es tu bisabuelo?

MADRE: A partir de ese momento nombraron la montaña.

han cantado bingo[22]

Los colorines de las banderas se enralan con el viento y Abuela no las quiere mirar. Voy agarrada de su brazo. Hace diez años que no venimos a las fiestas de su pueblo y volver es extraño. Todo está lleno de flores y farolillos. La marea suena con estruendo de fondo y la luna llena nos mira con ternura, no como el resto de la gente, que lo hace con pena infinita. Mamá y papá nos esperan en uno de los ventorrillos. Yo miro a Alejandra brillar como las estrellas. {¿Qué quieren tomar?} Papá va a buscar las bebidas. Abuela se recuesta sobre la silla de plástico. Mamá le busca la mano. {Ustedes saben lo que yo pienso, pero bueno. Yo tendría que estar en mi casa} La gente grita. En la carpa de al lado están jugando al bingo. {Bueno, ella está aquí} Todos miramos a mamá sin saber qué decir. {No entiendes nada} Abuela le pelea y mamá mira el techo de lona. Sé que en ese gesto aguanta las ganas de llorar, pero soy incapaz de consolarla. Abuela se abanica. Noto la incomodidad de Clara. Como un golpe siento que todos me clavan la mirada y dejo de escuchar la música. Alguien gana la línea. Siento como si tuviera la cabeza debajo del agua. Abuela me abanica. Me suda el cogote. Oigo de lejos que la orquesta canta «Marejada». Me llega el olor del puesto de crepes. Me pica el cuerpo. Quiero irme de aquí. Tanto que esperé este momento y ahora lo único que quiero es que se apaguen todas las luces y que la gente se vaya. Miro a Alejandra. *¿Cómo se puede seguir celebrando así la vida?*

han cantado bingo[12]

{Hoy quisiera maldecirte y arrancarte de mi vida,
quiero odiarte hasta la muerte}

La gente canta «Marejada». Los adultos están en la verbena, les veo bailar. Asombran sus cuerpos moviéndose. Aleja está a mi lado comiendo una crepe de chocolate. *¿Quién te dio dinero para comprarte una? ¿Abuela?* No. Me la compró ese señor. Aleja señala a uno de los dos hombres que nos miran desde las sillas de plástico del ventorrillo. Mueve una mano en el aire. *¿Qué haces?* Acariciar a Perrita Aurora. *Mueh, qué pesada con eso.* Ella me mira con enfado. Tiene la boca lambuzada. Antes de que pueda decir algo, yo me coloco el dedo sobre la boca, *shhh.* Ella me amenaza con el puño. {Vaya dos chicas bonitas, carajo} Miramos hacia los dos hombres. Uno de ellos se señala el labio con el dedo y un calambre me cruza por dentro. Busco a papá y a mamá, pero están tan dentro de la verbena que no les veo, así que tomo a Aleja de la mano y nos vamos para donde está Abuela.

Yo me quiero ir ya a casa, Abuela. Tengo sueño.

Pues yo quiero quedarme un rato más.

Porfa, ven conmigo, que me da miedo ir sola.

No quiero. Vete con Perrita Aurora.

Eres una picada. Estás enfadada porque todo lo que tú imaginas es mentira y lo mío, no.

Le suelto la mano de un golpe.

Eres una niñata imbécil.

Pues tú más.

Aleja me pega con la mano llena de chocolate.

Qué asco.

Yo levanto la mano, cargada de rabia, para estampársela en todo el pecho. Pero algo se adelanta porque descubro que tengo una cosa mucho más poderosa que un golpe. Una corriente me sale por la boca:

¿Pues sabes qué?

Qué.

Papá y mamá no te quisieron tener. Tú no fuiste deseada.

Eso es mentira. Lo dices porque eres una chinchosa.

Es verdad. Me lo dijeron el otro día en el BAR. Yo sí lo fui. Tú no.

A mi hermana se le rayan los ojos. Deja de mirarme por un momento y busca a papá y mamá. Yo tengo fuego en los cachetes. Ahora mismo, lo que quiero es que ella eche las lágrimas para fuera hasta que sus mejillas queden tan enchumbadas que me entre un poquito de pena.

¿Y sabes qué?

Me mira.

Ojalá nunca hubieras nacido.

Espero su derrumbe. El momento en el que mi hermana se hace aún más chiquitita y entonces yo pueda arrimarle mis manos antes de que se chive a papá y mamá. Pero Aleja no lo hace. Deja de mirarme hasta que sale corriendo tan rápido que no soy capaz de frenarla. Mi hermana es veloz y entre el gentío la pierdo fácil. La busco en la verbena junto a papá y mamá, a quienes irá a chivarse para que me castiguen. {¿Y tu hermana?} No dejan de bailar. *Estamos jugando al escondite.* La busco en los ventorrillos, en la carpa donde Abuela juega al bingo, detrás del puesto de crepes, bajo hasta el varadero, me atrevo a ir hasta el jardín de casa de Abuela. Pero Aleja no está por ningún lado. La luna llena enfoca El Ahorcado. *Alejandra.* Grito. *Alejandra, perdón, ven.* Grito más fuerte. El volcán me mira. Sus ojos blancos centelleantes. Me sube el miedo desde los pies hasta la nuca. Quiero acercarme, pero el volcán me aterra. Le doy la espalda como una cobarde. **¿A qué le tienes tanto miedo?** Me giro con sobresalto. *¿Eh?* El corazón me palpita en la garganta, pero no hay nadie a mi lado. Pienso en el castigo y salgo corriendo de vuelta a la verbena. La decepción de mis padres. La comprensión de Abuela. Choco contra algo. Cuando levanto la vista, veo a uno de los señores del ventorrillo, que se está limpiando la mano llena de chocolate con la boca. *Perdón, señor.* Sigo corriendo como alma que lleva el diablo. Llego a la carpa cuando alguien grita {HAN CANTADO BINGO} Abuela levanta el cartón y cruzamos la mirada: la suya, maravillosa. {¿Qué te ocurre?} Ha ganado y yo he perdido a Alejandra. {Vamos a proceder a confirmar el cartón} Un señor habla por megafonía. Ahora no sé dónde está, creo que en el volcán, pero no estoy segura. {¿Qué está pasando?} {El 2, el 7, el 10, el 12} Abuela, las palabras no me salen. Otra vez el volcán con sus ojos. {El 13, el 15, el 18, el 22, el 28, el 30} Abuela, no sé dónde está Aleja. {Pero, niña, ¡dime algo!} Me vomito encima porque eso es lo único capaz de salirme de la boca. {El 36, el 48, el 64, el 72 y el 90}

el conjuro de la marea[22]

Cuando era pequeña, me piqué con una eriza aquí.

Ese día nos metimos en el varadero porque Aleja no quería ir al hotel. Sentí un dolor en el pie y, enfadada, empecé a pegarla bajo el agua hasta que se echó a llorar. Sus lágrimas eran el límite: me hacían parar. Pero aquella vez no lo hice. Seguí alentada por las risas de algunos vecinos {qué cosas, los críos} hasta que el dolor que sentía en el pie me hizo llorar a mí también. Aleja me agarró de la mano y dejó que me apoyase en ella mientras iba saltando a la pata coja de camino a la casa de Abuela. Las dos sorbíamos lágrimas por razones distintas. Ella no se chivó. Podría haber dicho mi hermana me pegó y yo habría recibido un castigo.

¿Crees en los conjuros?

Clara se encoge de hombros.

{¿Por qué?}

Mi Abuela me dijo que la púa saldría cuando subiera la marea.

{¿Y fue así?}

Aleja y yo no nos hablamos más aquel día, pero permaneció a mi lado, miraba la púa esperando verla salir. La marea subiría por la noche según Tío Félix y esperaba tumbada en el sofá con un poco de hielo sobre el pie. Ella lo cambiaba cada vez que comenzaba a derretirse. ¿Tú crees en los conjuros? Fueron las primeras palabras que Aleja me dirigió después de ver la púa salir en el punto más alto de la marea.

Sí.

{Mis padres nunca me dejaron creer en nada que para ellos fuese mentira. Confundían control con protección. Supongo que nos pasa a todas las que somos hijas únicas. No sé si te pasó a ti igual}

Sí, algo así.

{Aunque tu Abuela me parece una gran hermana mayor} Clara se ríe y se aparta el pelo de la cara, haciendo sonar sus pulseras de cuentas.

{Crecí sola deseando que alguien me comprendiese. Pero yo no era más que la niña rara}

las monstruosidades[12]

Alejandra me mira desde el volcán. Estoy sola en casa de Abuela, porque todos los adultos buscan a mi hermana. *Ven aquí.* Le hago señas, pero ella me las devuelve, quiere que sea yo la que vaya. Me pongo los tenis y salgo por la puerta de la cocina. Estoy enfadada. El sol es tibio porque aún es temprano. En cuanto la alcance le voy a meter un cachetón que se va a mear encima por asustarme. Noto cómo se me cuela el picón por los calcetines y, cuando estoy llegando, Aleja comienza a caminar con los brazos cruzados por la veredita del volcán. *¡No podemos ir hasta allá. Va contra las reglas!*, le grito. La parte delantera de El Ahorcado es lo único que conocemos de él. Nunca lo hemos visto desde otro lado. Mi hermana me ignora por completo. *Te crees la más chachi pasando una noche fuera de casa. Verás cuando mamá y papá te vean, la gentina que te van a dar.* Me mira enfadada. *Y yo me voy a reír lo más grande.* Pues no, porque es tu culpa. *¿La mía? No soy yo quien lleva desde anoche aquí escondida.* Me doy cuenta de que estamos rodeando El Ahorcado, que pierde su forma redonda y bella. Descubro que está roto, su pared trasera está derrumbada. El Ahorcado está vacío por dentro, ningún monstruo empuja para salir. Alcanzo a Aleja para darle un manotazo, pero su piel quema. *Au.* Me chupo los dedos mientras ella me mira enrabietada. No voy a irme de aquí. *¿Por qué? Te van a castigar si no lo haces.* Porque tú lo dijiste, a mí nadie me quiere, ni siquiera tú. *No fue así.* Sí fue. Ya no te quiero, eres muy mala conmigo. Aleja se sienta sobre el rofe y se tapa la cara con las manos. Yo no sé qué decirle. Encima Perrita Aurora ha desaparecido. *Nunca la has visto, igualmente.* Entierra las manos entre el picón intentando coger algo que pueda lanzarme, pero todo se le escurre, hasta que empieza a llorar. *Venga, vamos. Están todos preocupados.* No quiero. *No seas morrúa. Vamos.* Déjame aquí. Si no… *¿Si no qué?* Me chivaré de todo. Sigue hecha una bola en el suelo y el pensamiento de sentir la mirada furiosa de mis padres me incomoda. *Pues vale. Quédate aquí. Cómete las piedras. Mea entre los veroles. Me da igual.* Vete. *¿Qué?* Quiero que te vayas. Déjame sola. Siento punzadas en el pecho. Me pongo de pie y la miro desde la altura. Yo tampoco quiero ser ya tu hermana. El sentimiento me abandona. *Que te den.*

Casi estoy llegando a la puerta de la cocina cuando mi padre la abre y me coge con fuerza del brazo, su mano es como una garra a puntito de atravesarme la piel. {Que sea la última vez que sales sola de esta casa} Me jala para dentro. Mamá y Abuela están discutiendo con los ojos rayados. Hay un botellín de cerveza estallado en el suelo y papá me levanta para no cortarme con los cristales.

dos manchitas del color del chocolate[22]

El día está nublado, pero el sol de la isla siempre es peligroso. La piel de Clara brilla untada de crema solar. {¿Esas manchas de ahí?}, pregunta mirando las quemaduras viejas que tengo en la cara interior de los brazos. Dos formas alargadas del color del chocolate. Sus palabras vibran con fiereza, haciendo tambalear la frontera que construyo alrededor de la herencia y mi hermana. Yo también las miro. El calco de los brazos de mi hermana contra los míos. El incendio de un abrazo. Abuela me repitió más de una vez {ten cuidado de no tocar nunca al muerto} y yo, convertida en un animal doméstico y obediente, actuaba bajo las normas. Hasta que los miedos y la culpa servían de alimento para otra parte más indómita, más salvaje. Pienso en la noche de hace años, en la que atravesé el jable por su carretera infinita. Caminaba con la angustia de no volver a verla nunca más. De que hubiese muerto para mí también. Pero allí estaba, junto a El Ahorcado, cazando estrellas que solo existían bajo su mirada. Yo tenía quince años, ella diez. Yo volví a ser la niña de doce y ella continuaba siendo la de diez. Nos reencontramos sintiéndonos en la noche de la verbena. *Perdón por lo que te dije de mamá y papá. Fui muy tonta.* La cara de Aleja sonriente, limpia. *¿Me perdo-*

nas? Mis brazos extendidos, esperándola. Sí. Aleja cerca, apretando su piel contra la mía. El abrazo de la bandera blanca. Dos hermanas reconciliadas tras una discusión, listas para volver a la fiesta, buscar a Abuela y pedirle la llave de su casa y escucharla cantar bingo. Celebrar sus perritas. Dormir juntas en el mismo sofá. El ardor sobre mi piel descubrió que solo estábamos en mitad de la noche, yo con los signos de la adolescencia en mi cara, ella con la piel finita, limpia, propia de la infancia. Que estaba vulnerando la norma de Abuela. Aleja no había sobrevivido a aquella noche y yo estaba abrazándola. Los muertos queman y yo era una bolita de fuego, arrebatada para siempre, dentro de esta isla también abrasada. Tío Félix me descubrió y curó las quemaduras. Lloras porque te hice daño. Fueron las palabras de Aleja cuando el abrazo se partió. Pero yo lloraba porque «nunca más» eran dos palabras muy poderosas. Encerraban magia oscura. Nunca más podré abrazar a mi hermana. {¿Son de nacimiento?} La voz de Clara me devuelve. *Sí, bueno, se hicieron más grandes según crecía.* Las mira con atención. *Mi Tío y mi Abuela también tienen algunas. Él, en las manos. Mi Abuela, en el costado.* Ninguno escapa de la necesidad de tocar a quien has perdido. {Es curioso que tu madre no}

una manzanita dorada[12]

La noche está cerrada, no hay luna. Abuela ya no va a jugar al bingo y Tío Félix no sale en su barco. Todo está paralizado desde que buscan a Aleja. A veces abro la boca para ver si así, por su cuenta, me salen todas las verdades. Pero no ocurre nada. Porque realmente no quiero decir nada. Mientras Abuela duerme en el salón, meto sobras de la cena en una servilleta y las guardo en mi bolsillo. Cuando salgo, el aire es frío y el perro del vecino comienza su canto. Prendo la luz y echo a andar hacia el volcán. Con el miedo atorado como una bolita en la garganta, miro otra vez esos ojos que me acechan. Cuando alcanzo la pared, la toco sin despegar mi mano. Camino por su costado sin dejar de tocarlo y así, ayudarme en el camino donde deja de ser redondo para ser una arruga salida de la tierra. Si él me hablase, seguro que me insultaría. Me llamaría ruin por abandonar a mis monstruos y a mi hermana. Cuando llego a la parte trasera, busco con la linterna a Aleja. Está sentada en mitad del rofe. *Hola.* Hola. Me acerco hasta que quedamos cerca. Dejo la linterna encima de una roca para que nos alumbre la cara. *Te he traído comida.* Muestro las servilletas y un paquete de galletas a punto de terminarse. *Por si tenías hambre.* Aleja lo coge, pero se le escurre hasta caer al suelo. *Bueno, no pasa nada.* Extiendo las servilletas encima de una roca y voy limpiando lo que puedo, soplando los trocitos de comida. Igualmente, no tengo hambre. *¿Nada de nada?* No. Miro al cielo. Hay estrellas. *¿Segura que no quieres volver a casa?* No. *¿Sigues enfadada conmigo?* Sí. Podría decir LO SIENTO y luego añadir TE ECHO DE MENOS. Pero mi boca es un túnel donde esas palabras no caben. *¿Y por qué quieres estar aquí, dentro del volcán?* Me hace sentir mejor. Aquí nadie me ve. Ahora esta es mi casa. *¿Ya no te da miedo?* No. ¿A ti? *Un poco.* ¿Y por qué vienes? *Porque pensé que tendrías hambre. O que estabas aburrida. No sé.* Nos quedamos calladas. *¿Segura que quieres seguir aquí?* Sí. Voy removiendo piedras con las manos. *Está bien. Te guardo el secreto.* Ahora me mira con entusiasmo. ¿De verdad? *Sí. Pero… me gustaría…* ¿El qué? Pienso en el túnel. En las palabras demasiado grandes para decirlas. *Me gustaría que volviésemos a ser hermanas.* Lo suelto como un escupitajo. A mí también. De pronto la palabra CULPA se vuelve livianita y acaba abandonado mi cuerpo. Todo resuelto. Aleja y yo nos tendemos la mano, como siempre hacemos, para zanjar un tema, pero en cuanto nos tocamos el chispazo de calor me hace quitarla rápidamente. *Mañana vengo otra vez.*

Rodeo otra vez el volcán, ahora de vuelta, palpando su pared. Cuando estoy bajo la vista redondita de El Ahorcado, despego la mano de su ladera y camino a casa Abuela hasta que siento que el suelo se mueve bajo los pies, y se me cae la linterna. Me giro y El Ahorcado ha iniciado el juego, me doy cuenta. *¡No quiero jugar! ¡Déjame en paz!*, le grito, pero la tierra sigue moviéndose como si debajo de El Ahorcado existiera todo un cuerpo luchando por salir. Las ramas de una julaga se me enroscan en la pierna. *¡No estoy jugando!* **Son cuatro normas.** El volcán me habla. **Vamos. Dilas. Una.** La voz me sale pequeñita y miedosa. *No puedes usar la linterna.* **Dos.** *No se deja a la otra atrás.* **Tres.** *No se corre antes de decir el número tres.* **Y cuatro.** *Si El Ahorcado alcanza a una de las dos… la otra tiene que seguir jugando sola.* **Eso es. Ahora, corre.**

el doce, el soldado[12]

Cuando voy a ver a Aleja, siempre en la noche, siempre para que los adultos no lo sepan, El Ahorcado inicia el juego. Lo quiera o no, en el momento en el que despego mi mano de la pared, va a por mí. Cada noche, consigo llegar a la puerta de la cocina sin que me atrape. Le clavo también la mirada. *No vas a conseguir que pierda.*

por mi culpa, por mi culpa, por mi gran culpa[12]

Papá y mamá no me llevan a casa. Me dejan con Abuela y Tío Félix porque aquí les molesto menos. Ninguno va a poder acostumbrarse a la vida sin mi hermana. Me miran con los ojos aguados y viven con el teléfono pegado al pecho. A mí realmente me gusta más estar aquí, por las noches me es fácil escaparme e ir a verla. Yo también estoy empezando a desaparecer para ellos. Están con la vista puesta en la ausencia.

Mantengo la mano pegadita a la ladera de El Ahorcado. Sé que, en cuanto la suelte, comienza el juego. Moverá la tierra. Las julagas se me enredarán. Intentará que pierda para poder castigarme y decirme que todo es por mi culpa, por mi culpa, por mi gran culpa. Cojo resuello y el aire frío de la noche se me mete por las muelas. Nombro los números en voz baja y, cuando llego al número tres, salgo a escape con los ojos de El Ahorcado clavados y fieros sobre mi cabeza. Las cholas se me entierran, me entran ganas de llorar al pensar en Aleja y en cómo nuestra discusión lo ha partido todo en dos. No sé por cuánto tiempo podré guardar ese secreto. Mamá y papá me dan pena. ¿Podré venir todas las noches de mi vida a verla escondida en la parte trasera del volcán? El rofe me raspa la cara cuando me caigo, me quedo tendida sobre la tierra que ahora está mojada y no sé si es por el sereno o porque no puedo dejar de llorar. Soy incapaz de ponerme de pie porque la tierra tiembla bajo mi cuerpo y cuando me paso las manos por la cara, las veo llenas de sangre, mocos y lágrimas. El Ahorcado se levanta haciéndome sentir diminuta, pero yo también le clavo los ojos como tachas. **¿A qué le tienes miedo?** El Ahorcado mueve la tierra con furia y por primera vez me da miedo morir. Meto la mano dentro del pantalón donde tengo el cuchillito con el que parto la fruta que llevo a Aleja. Lo agarro tan fuerte que me duele. Al otro lado de El Ahorcado está mi hermana. No quiero jugar más. Voy corriendo, salvaje y herida, gritándole. *Te odio.* Apuñalo su ladera de rofe. *Te odio con toda mi alma.* Saco y clavo el cuchillito varias veces. *Por tu culpa. Por tu culpa. Por tu gran culpa.* Se me atasca la punta entre las piedras hasta que son mis puños los que golpean una y otra vez al estúpido volcán de mierda que todas las noches me recuerda que mi hermana y yo somos dos bichos podridos en este mundo asqueroso. Grito hasta que el perro del vecino también ladra. Hasta que los perros del pueblo se despiertan y lloran a mi lado. Unas manos cogen las mías y me apoyan contra una tela suave. {Ya está, ya está} La voz de mi Abuela se abre paso, su mano se mete entre mi pelo y me habla sin regaño ni maldad. *El volcán nos va a atrapar.* Nos siento en peligro, pero ella me limpia la cara con un pañuelito. Veo a Tío Félix a nuestro lado. {Vámonos a casa, venga} Tiene la voz asustada. *Vámonos con Aleja, por favor. Está escondida.* {¿Cómo?} *Yo le dije la noche de la verbena que ojalá no hubiera nacido. Por eso no quiere volver.* {Vamos con ella} Los dos me ponen de pie. Sé que Aleja se va a enfadar por romper su secreto. Pero ya me abrí paso al castigo. Perdí el juego y quiero volver con mi hermana.

Rodeamos El Ahorcado, que tiene los ojos apagados. Tío Félix ilumina el camino con la linterna y yo camino agarradita de Abuela. El viento cruje la noche. Cuando llegamos a la parte trasera, Aleja nos espera sentadita en la roca de siempre. Nos miramos con espanto. *Lo siento mucho.* {¿Dónde está?} Abuela me mira y yo la señalo para que Tío Félix apunte hacia ella. *Ahí.* Oigo un ruido igualito al de un animal cuando le haces daño y me doy cuenta de que es Abuela a punto de llorar. Tío Félix se frota la cara y me habla por primera vez {Vale. Vámonos todos a casa}

fueguito azul[12]

Estamos en casa Abuela. Las dos juntas. Abuela me tapa y me besa la frente. Sus labios, que siempre están pintados y suaves, ahora son rasposos.

{Descansa, niña}

Yo miro a Aleja.

¿A ella no la tapas?

Abuela agarra otra manta y la extiende encima de mi hermana, dejándole los pies por fuera.

Abuela, no la estás tapando bien.

Aleja nos mira callada.

dos plantas terrestres[10]

Cuéntame otra historia. Estamos acurrucadas, aplastadas como dos gatos metidos en mi cama. Me invento otra historia. La imagino sobre la marcha, con ella no hay espacio para sentirme con vergüenza. Escucha todo lo que me sale por la boca. Mira todo lo que yo imagino. *Y ahora está tumbado en tu cama.* La lamparita está prendida y nos deja mirar las tablas de la cama de arriba. ¿Y qué hace? *Intenta dormir.* ¿Cómo es? *Como un niño.* ¿Da miedo? *No.* Las dos nos quedamos calladas mirando bocarriba. Sabemos que no hay nadie durmiendo en la parte superior y al mismo tiempo la imaginación nos hace sentir que sí. El miedo nos sube por las piernas como hormigas que muerden. ¿Puedo dormir contigo? *Sí.* Las dos nos estamos salvando constantemente.

vuelo3859[18]

Me abrocho el cinturón de seguridad, Aleja está sentada en el asiento de al lado, que, por suerte, se ha quedado libre. Está contenta. No sabemos lo que va a suceder, Abuela dice que los muertos pertenecen a su territorio y el de Aleja es esta isla y estos volcanes. La tripulación avisa que entramos en pista. Miro el paisaje que me muestra las lomas redondas como jorobitas de camello. La miro a ella cuando el avión toma velocidad. Si consigue venir conmigo, no sé qué hará mientras yo voy a clase o quedo con gente. Nunca podré llevar a nadie a la habitación. Ella podría olvidarse de cómo volver. Me pregunto si alguna vez seré capaz de confesarle la herencia a una amiga, si se irá asustada o lo contará hasta que las demás personas del mundo decidan no ocupar nunca un lugar a mi lado. Quizás un día se lo cuente a alguien y lo que reciba de vuelta sea amor y comprensión, un cuerpo ajeno al mío en el que pueda descansar. El mundo me muestra una apertura donde estoy sola con mi secreto. Cuando tomamos un poco de altura, Aleja desaparece. Miro por la ventanilla, ahora los volcanes se ven desde arriba, con las calderas abiertas, hoyos perfectos donde guardar lo que no quieres que desaparezca. Me limpio las lágrimas que me caen por la mejilla. Ahora sé que no voy a ver a mi hermana hasta que vuelva y de pronto hay espacio para una palabra nueva: «duelo». Cierro los ojos con fuerza porque estoy llorando. Intento pensar qué me pone tan triste: ¿dejarla allí o sentir alivio de no verla durante unos meses?

última hora[12]

Abuela nos encierra en el salón. Algo pasa fuera, pero no nos permite saber el qué. Oímos barullo. Me asomo por una de las ventanas que da a la calle y veo a algunos de los vecinos gritar. Aleja los mira conmigo. ¿Qué está pasando? *Ni idea. Pero quiero saber.* Me voy hasta la puerta del salón, que está cerrada, y oigo a mamá llorar desde el otro lado. El llanto me asusta y se mezcla con voces de gente que no conozco. Mira. Aleja sigue en la ventana. Ese es uno de los hombres que me compró la crepe. Voy junto a ella y me asomo, le meten en un coche de policía. Oigo insultos de los vecinos. *Mira, ese es papá.* Le vemos intentar acercarse al señor de la crepe, pero un policía no se lo permite. ¿Está llorando? *Creo que sí.* Me voy hacia la puerta del salón y la abro. En el comedor mamá está sentada, acompañada de un señor que no conozco. De pronto, Abuela me devuelve para adentro. {Quédate aquí quieta, ahora vengo} Es lo único que dice antes de dejarnos encerradas de nuevo. Aleja me mira con cara de disgusto. *Ven, vamos a ver la tele un rato hasta que venga Abuela y nos cuente. No tarda, ya verás.* Ella se sienta a mi lado y prendo el televisor con el mando. Voy cambiando de canal buscando dibujos animados. La puerta de la entrada se abre y se cierra.

Mamá llora como si alguien le estuviera haciendo daño. Subo el volumen. Intento protegernos de lo que no nos están explicando. Abuela, ven ya. Salto de canal en canal porque es mediodía y apenas echan nada que nos guste. Me paro en uno de los canales porque su imagen me resulta poderosamente familiar. Nos fijamos bien. Eso es lo que está ocurriendo fuera. *Sí.* Subo el volumen. Una señora de pelo rubio se pone frente a la cámara. {Última hora. Esta mañana las fuerzas de seguridad han dado con el responsable del asesinato de la menor de diez años encontrada sin vida en las costas de…} Abuela me arrebata el mando de las manos y apaga la tele.

La noche que las
estrellas bajaron para
guiar a mi hermana

todo puede suceder si lo imaginamos[7]

Aleja y yo estamos subidas en un caballo hecho con un palo de madera. Saltamos en el picón al mismo tiempo. Nuestro caballo galopa rápido y las dos nos sujetamos fuerte. Nos levantamos del suelo y vemos la casa de Abuela chiquitita bajo nuestros pies. Vamos cada vez más rápido. Relinchamos como nuestro caballo. Saltamos por encima de El Ahorcado.

enfado[22]

Cuando entro en casa, mamá está sola, sentada a la mesa del comedor. Voy apagando las luces hasta llegar a ella, que está bebiendo y llorando. Hago el intento de quitarle el botellín, pero ella me aparta. {Déjame llorar} Hay fotografías y cartas esparcidas por la mesa. La parte más salvaje de mí se levanta y ella lo nota. {Sé que estás enfadada. Yo también lo estoy. Llevo diez años enfadada}

¿crees en la vida después de la muerte?[36]

Veo dos sarantontones juntos. Somos Aleja y yo en otro universo.

el cuarenta y ocho, el muerto que habla[48]

Veo dos bichos carreteros. Somos Aleja y yo en otro universo.

¿crees en la vida después de la muerte?[72]

Veo dos gaviotas. Somos Aleja y yo en otro universo.

tan solo tienes dieciocho años y una vida por delante[18]

Mis uñas blancas relucen sobre la tierra negra, las dejo que se sequen antes de darles otra mano. Aleja no está por aquí, así que seguramente esté en El Ahorcado. Desde la terraza de papá se ven más volcanes, todos desiguales y sin nombre, de tierra quemada. Desde la de mamá, ninguno; todo es jable, una manta arenosa que se extiende hasta donde termina la isla. Las dos vistas, tan distintas como sus mundos. Los volcanes son animales callados y sigilosos, se imponen y perturban sin necesidad de mostrar el peligro. Todos duermen, salvo uno, El Ahorcado. Mi volcán redondo y bello. {Estás aquí} Papá me saca de los pensamientos y me tiende una lata de refresco. {Siempre los miras con sentimiento} Se sienta en el chaplón junto a mí y observamos cómo la tarde comienza a caer. Las nubes juegan con la luz que acentúan los tonos rojizos. Papá le da un sorbo a su refresco. {Tenemos ahorros para que puedas irte a estudiar} *Estoy bien aquí. Buscaré algo.* Bebe antes de hablar. {Me gustaría que lo pensaras. Creo que sería bueno para ti} Rescato del destierro la idea de salir de la isla y noto cómo el cuerpo se me llena de pena. La pena de abandonarlo. En este mundo dividido por una pared de pladur, yo soy la puerta. *Tampoco sé qué querría estudiar.*

{¿No tienes una ilusión por algo?} Quizás no pueda. {Tan solo tienes dieciocho años y una vida por delante. Tampoco puedes saberlo todo ya. Pero podrías intentarlo} Tengo la sensación de tener una única oportunidad. El terror a tomar una decisión equivocada y no poder rehacer lo hecho controla mi vida. Eliges el camino de ser un horror de persona y discutir con tu hermana. Eliges perderla de vista. Eliges no cuidarla. Eliges ser el monstruo. Eliges y la consecuencia es desastrosa. Y nada lo podrá deshacer nunca. Papá me mira intentando descifrarme. {Me da igual que elijas bien o no. Por encima de todo eso, lo que más deseo es que te vayas de aquí} Los dos nos revolvemos incómodos sobre el chaplón. Noto cómo un picón me intenta atravesar la piel del muslo. Papá ha soltado su secreto y ahora mira hacia los volcanes dorados. Papá, si yo me voy, si acepto el billete, si de pronto en mi vida entra otro paisaje, otras personas, otras vivencias; si de pronto un día cierro los ojos y me da el sol en la cara, lejos de esta isla, y pienso: qué suerte, qué suerte y qué vida tan bonita, ¿cómo voy a ser capaz de mirarles a ustedes luego a la cara? {No quiero perderte a ti también y siento que mi única forma de ayudarte es esta} Papá me besa en la sien antes de levantarse. Su voz tiembla. Podríamos estar los dos ante el atardecer más bonito de la historia. Cuando entra en casa me abrazo las piernas y veo mis uñas a medio pintar.

arrorró[12]

Estoy pegadita a Tío Félix con Aleja a mi lado. Abuela está sentada en los sillones negros y mamá y papá se asoman a un ataúd chiquitito donde va metido el cuerpo de mi hermana. Mamá canta una canción de cuna:

> {Arrorró, mi niña chica,
> duérmete y no llores más,
> que cuando te hayas dormido,
> con los ángeles reirás.
> Que tus ojitos se cierren
> mientras te mezo en mis brazos}

quiero decir «soy buena» cuando solo quiero decir «ayuda»[15]

Cruzamos la mirada. Es ella quien la aparta primero. Hace tres años que mi amiga y yo no nos hablamos. Nunca me explicó, pero acepté la distancia. Me volví obediente. Sin amigas. Todos sabían que mi hermana había muerto, pero ninguno sabía sobre la herencia. Quise muchas veces pedirle ir al baño juntas y, encerradas, contarle la verdad. Pero a ella le daba miedo la muerte y a mí, traicionar a mi familia. Hablar de la herencia a espaldas de mis padres y Abuela era una falta de respeto. La herencia es un secreto. Aprendí a ignorar a mi hermana cuando otras personas estaban delante. Comencé a pedirle que dejase de acompañarme. *Nuestro sitio será en casa y en la de Abuela, ¿vale?* Intento no hablar mucho de ella con mamá. Aleja ocupa cada vez menos espacio. Abuela me aconseja. {Tu muerto es tuyo. Compartirlo con otras personas es darle una vida falsa} Soñaba con reunir a todas las personas a las que quería dentro de una habitación y decirles «prometo portarme bien». Soy buena. Por favor, vuélvanme a querer.

el setenta y dos, la sorpresa[72]

Enciendo una velita por mamá, por papá, por Abuela, por Tío Félix, por Aleja. Ninguno está ya aquí. Nadie me conoce desde chiquitita.

juguito de mango[22]

Recorremos la isla en el coche viejo de Tío Félix. Conduce Clara porque yo aún no tengo el carnet. Ella también fue una niña rara. Habría sido más amiga de mi hermana que mía si se hubieran llegado a conocer. Dos personalidades expansivas y risueñas. Buenas, por encima de este mundo lleno de crueldad. Estar al lado de Clara es estar cerca de una versión que jamás conoceré de Aleja. Y eso es lo más injusto que puedo hacer por ellas. Volvemos con el sabor de la pizza en las bocas; paramos en El Cuchillo cuando su móvil se ilumina. {¿Te importa? Es mi madre} Veo el BAR desde la ventanilla. Lo odio. *Aprovecho y compro algo de beber.* Es lo único que está abierto a esas horas y en casa de Abuela no hay alcohol a menos que sea Navidad. Las mismas sillas de mimbre y el sonido de las máquinas tragaperras me puñetean al entrar. Ya no hay ordenadores de pago; en su lugar han puesto unas máquinas de bingo online. Reconozco la voz de mi padre, que está de espaldas hablando con el camarero, y otro señor que solo vuelve a su casa cuando el BAR cierra. Me alongo para ver si está bebiendo alcohol, hace tiempo que dejó de beber. Solo tiene un bote de jugo de mango. No se da cuenta de que estoy.

{Pues ella era un calco mío. Hacía todo lo que yo hacía. Ahora tendría ya veinte años. Uno menos que la tuya}

Ninguno le contesta, pero él conversa alegre.

{Me acuerdo que se metía en el taller y le encantaba tocar el barro. Siempre le decía: ¡Te vas a manchar! Y ella, tan chica, me respondía: ¡Pues me limpio!}

Es el único que se ríe.

{¿Te acuerdas cuando hace tres años casi me mato pescando en risco? Lo primero que vi cuando me sacaron del agua fue a mi niña diciéndome desde arriba: tú todavía no}

Se vuelve a reír sin que nadie le acompañe ni le consuele.

{Ayer Las Palmas empató}

La voz del otro hombre cambia el tema de conversación y papá toma un poco del jugo. Si estuviéramos en Navidad, en casa de Abuela habría alcohol y yo podría abrazarle sin que resultase extraño.

no sé cómo decir que te quiero[30]

{Yo no le temo a la muerte, le temo al sufrimiento} Abuela y yo estamos tumbadas en su cama. Fuera hace calor, así que estamos a oscuras, con el ventilador prendido. *No vas a sufrir, ya verás.* {Yo lo que quiero es irme a dormir y ya ahí, ni enterarme} *Será así. Pero aún no.* {Por Dios, ¿más años todavía? Yo ya estoy aburrida} Miramos el techo. *Piensa en la suerte que es envejecer.* Ella sabe por qué lo digo; me toma de la mano y la aprieta. {Pues sí, la verdad que sí. A veces una solo dice boberías} Se da a sí misma en la boca. *No pasa nada.* {Pero bueno, ya me queda poco} *Yo seguro que no llego a vivir tanto como tú.* {Bueno, pero lo que vivas lo habrás vivido bien} El ventilador hace ruido. {Yo me siento orgullosa de ti} Trago saliva. {Fuiste capaz de hacer lo que ninguno hemos podido. Quizás porque no sabíamos o porque no queríamos, no sé} La saliva forma una bolita. {Yo sé que en su momento fuimos muy duros contigo porque uno no entiende. Pero ahora, si yo fuera para atrás, habría hecho lo mismo que tú} La bolita se encaja en mi garganta. {Alguien tiene que ser el primero en enfrentar la herencia} La bolita me arde dentro. {Y esa eres tú. Mi niña salvajienta} Nos apretamos la mano en el momento en el que suena la alarma del móvil. Toca medicación y merienda. {¿Tú me darías un dulcito?} *Tus hijos no te dejan.* {Pero ¿y ellos están aquí? Ahora de vieja me ponen a régimen. Si me tengo que morir que sea con un dulce en la mano} *Pero ¿tú no querías hacerlo durmiendo?* Nos da la risa floja. *Pues claro que te doy un dulcito.* La ayudo a levantarse. Dentro de su cuerpo el tiempo se agota, pero fuera todo sigue haciendo ruido. Mientras merienda, paso la escoba, porque es sábado y esta noche toca jugar a la lotería en su garaje. *Como sepa el médico que te vas de belingo cada sábado, te enteras.* {Por eso lo hacemos ahora aquí, para yo no coger frío} Está privada comiéndose una palmera de chocolate. {Para comer y para jugar, mi cuerpo tiene aguante aún} Miro el paso del tiempo furioso sobre ella. *Abuela, una pregunta.* {Qué} *¿Qué pasará cuando te mueras? Me refiero, tu madre también se irá, ¿no?* {Luego la tendré que ver en el cielo, digo yo} Se echa las manos a la cabeza. {Ni cinco minutos tranquila, ay, ay} Me río. *Abuela* {¿Sí?} *¿Tú crees que te aparecerás a alguien?* {Mira, si eso ocurre, que me dé con un palo y me mande para arriba, que yo ya estoy harta} Se toma un sorbito de leche {Ya son noventa y un años, ¿en serio tengo que estar otros tantos más? Ni-de-bro-ma} *Pues también.* Le limpio la boca y le doy un beso en la frente. {A quien sea que yo me aparezca, tú se lo dices, ¿eh? Que me meta en un volcán o en el aljibe o donde sea} *Te lo prometo.*

la verdad[12]

La palabra «muerte» me sabe a los bombones de licor que tomas cuando los confundes con los de leche. Esos bombones y la muerte deberían ser solo para los adultos. Por eso la palabra me ocupa toda la boca, con incomodidad. Abuela enreda los dedos en uno de los rosarios y me mira a mí, porque a Aleja ahora solo puedo verla yo. Aleja, que está delante de Abuela moviendo los dedos y preguntándole cuántos ve. Abuela, que no la escucha. Yo, que sí. Abuela, que no sabe que Aleja le está mostrando cuatro dedos. Aleja, que no entiende que está muerta. *Y qué significa que esté muerta.* Abuela sabe a qué me refiero. Qué significa si la estoy viendo. Si la oigo como una cacatúa. Si jugamos. Chismeamos. Existimos juntas. Abuela no llora, solo se le ponen los ojos rojos. {Ojalá pudiera darte todas las respuestas. Pero no sé} <u>Y ahora, ¿cuántos tengo?</u> Aleja le muestra seis dedos. Abuela y yo nos miramos, ella con pena y yo con desconcierto. Sabe que tengo preguntas en la punta de la lengua, pero soy incapaz de pronunciar ninguna. Abuela, ayúdame. Tienes ciento ochenta años más que yo. Debes saber más que yo. No me digas que no sabes. En la boca, la palabra «muerte» me sabe a licor y metal, porque es pesada y me empuja la mandíbula hacia abajo. No deja hueco a nada más. Aleja me mira, tiene una de las dos coletas deshecha. Si yo no entiendo la muerte, ella menos. *Explícaselo tú.* Imploro. *Aleja, escucha, por favor.* Miro a Abuela con la desesperación de un animal herido. {A ver, otra vez. Atención. En esta familia ocurre algo a lo que nadie da explicación. Lo llamamos «herencia». Cuando una persona muere, se presenta a su ser querido más cercano. Eso quiere decir, mi niña...} Sé que se dirige a Aleja, aunque no sepa dónde mirar para ubicarla. {... que estás...} Abuela va a romperse. {... estás muerta} Su voz sale en un hilo finito chiquitito chiquitito hasta que ya su voz no existe y solo es una mujer mayor que llora y aprieta con rabia el rosario y patalea porque acaba de pronunciar las palabras que más llagas hacen en la lengua.

La noche mansita se abre paso frente a nosotras. Miramos El Ahorcado. *¿Entiendes todo lo que está pasando?* Tengo un superpoder. El Ahorcado nos mira. *No.* Sí. *No.* Sí. *No.* Sí. *No.* Que sí. Nos respondemos sin mirarnos a la cara. *Que no.* Que sí. Siento las lágrimas contenidas en los ojos. Veo borroso. *Que no.* Que sí. Cada vez hablamos más rápido y más alto hasta que acabamos gritando. Abrimos una puerta que existe muy dentro de cada una y dejamos salir un quejido furioso. *¡AAAHHH!* Las dos gritamos, mirando a El Ahorcado. Gritamos porque recién estamos empezando a comprender. Somos dos hermanas gritando a la noche. Abuela llora dentro. Mamá y papá lloran desde casa. Tío Félix llora desde su chalanita. Todos oyendo una sola voz.

mi secreto te lo cuento[22]

El alcohol se me desliza por la garganta, siento el lenguaje como un abismo. Estamos sentadas en la terraza de atrás, mirando hacia El Ahorcado. Las toallas nos abrigan del frío de la noche y bebemos a morro de los botellines. Apenas hemos hablado durante el día. El dolor aquí es más punzante y sé que empieza a notar la fealdad que existe en esta versión de mí, la verdadera que convive con una herencia y que se siente como la punta de un cuchillo. *¿Te lo estás pasando bien?* {Sí} El viento nos enreda el pelo. Desde el momento que Clara y yo nos conocimos, la amistad fue fácil. Encontramos un espacio amplio, lindo, que ocupamos tranquilas. Nuestras conversaciones son un hilo continuo donde no existe hola ni adiós. Hablamos como si nada lo interrumpiese. Temía el abandono si hacía visible las partes ruines, y me esforzaba en mostrar lo que mantenía limpio ese santuario. Me forzaba a mostrarme tan inteligente como ella. Tan buena. Tan risueña. Tan parecida para que siempre me aceptase a su lado. *Ese es mi volcán favorito.* La luz de la luna redondea su forma, sus ojos blancos se clavan en los míos. {Viendo este paisaje, entiendo tus dibujos} La miro con susto y vergüenza. *Desde pequeña me ha llenado de miedo, pero al mismo tiempo siempre me cautivó.*

Por alguna razón, jugaba con él. Clara sonríe y creo que es la primera vez que lo hace en lo que va de día. Me escucha con atención. {¿A qué jugabas?} La saliva se mezcla con la cerveza. *Tocaba la ladera con las manos. Luego salíamos corriendo.* {¿Con quién jugabas?} Dejo que la boca me pese y las palabras busquen el camino. Nos miramos a los ojos. Hay una chispa que abre un lugar íntimo y nuevo. *No te lo he dicho antes. Pero tengo una hermana.* No soy hija única como tú. No sé lo que significa ser eso. Ella amplía el espacio. No habla, pero sé que me sostiene. *La perdí cuando tenía doce años. Yo jugaba con ella.* Mi voz es cauta y se abre al silencio cuando pronuncio las últimas palabras. Clara pasa su brazo por mi hombro hasta que su cuerpo es un soco para el mío. Mi hermana existe por primera vez en el mundo que construyo fuera de mi familia. Y soy, ante Clara, una única versión, que emborrona y limpia. Contradictoria y triste, divertida y contenta.

el trece, la mala pata[13]

Tío Félix se despide. Va a pescar. Abuela barre la arena que dejó la calima en el chaplón de su casa. La calle baja en cuesta hasta el varadero. *Abuela. ¿A quién ves tú?* Es la primera vez que le hago esa pregunta. {A mi madre} Aprieto los dientes. *¿Quién más tiene la herencia?* {Tus tíos. Tomás ve a su padre. Y luego, Tío Félix} La respuesta me toma con sorpresa. {Ve a mi hermano, él le enseñó a pescar} También perdiste un hermano. {Falleció en la mar} Por eso te da miedo. *¿Por qué mi madre no puede ver ninguno?* {No sé qué rige que unos lo puedan ver y otros no. Ella siempre quiso que le tocase. Desde chiquitita lo sabía} Mamá lleva toda su vida conociendo la herencia. *¿Por qué?* {Recuerdo que me miraba con los ojos asín de grandes y me preguntaba: ¿A quién ves, ma?, ¿a quién ves? Me encontraba hablando sola o discutiendo. Tan pequeña e intuía que había algo que ella no alcanzaba} *¿Se lo contaste?* {Siempre le esquivaba la pregunta. Pero cuando falleció Chalo y mi niñito Félix lo vio…} Coge una bocanada de aire {Cuando le tuve que explicar a él lo que le estaba ocurriendo, que solo hacía temblar de miedito, tu madre lo oyó todo} *¿Tú crees que ella está enfadada conmigo porque soy yo quien puede ver a Aleja?* {No, muchacha.

Pero tu madre siempre quiso que le tocase. Cuando falleció tu abuelo y era Tomás quien lo veía, tu madre lloró más por no verlo que por perderlo} La miro con tristeza. *¿Te gusta ver a tu madre?* Abuela me mira con la cara revirada. {Ayúdame a levantarme, que yo sola no puedo}

otro lugar[22]

Permito que Clara entre en todas las edades que tuve antes de los diecinueve. Le hablo por primera vez de los juegos, de mi infancia, de la ruptura de la casa y de mis padres. El paisaje de la isla ya no me parece tan peligroso. Nos bañamos en el varadero y caminamos hasta El Ahorcado de día. Nombro a Aleja. La amistad deja lugar para todo lo que he vivido y eso no hace que Clara se asuste ni se marche. Me ayuda a poner nombre a las violencias de la infancia. Recupero una sensación que perdí hace tiempo. La tranquilidad se hace un hueco chiquito en mi cuerpo.

Sueño mucho con Alejandra.

{¿Cómo de mucho?}

Prácticamente cada día. Pero solo cuando estoy aquí.

Le nombro la herencia sin nombrarle la herencia.

{¿Con qué sueñas?}

Que jugamos con El Ahorcado. Le cuento mi día. A veces solo la miro.

{¿Y cómo te sientes cuando despiertas?}

Triste. Aunque no tenga sentido.

{¿Por qué no lo tiene?}

Mi madre no puede soñar con ella.

{Eso es incontrolable}

Y a mí, que lo hago cada día, a veces me encantaría que no ocurriese.

{Es normal}

¿Tú crees?

{No puedo ponerme en tu situación, pero entiendo que debe de ser agotador. Tu mente la trae constantemente para luego perderla de nuevo}

el dos, el patito²

Tiene la cara redonda como un boliche y el pelo negro, negro, negro, negro. {Se llama Alejandra y es tu hermana} Aún no sé el significado de hermana ni el de Alejandra. Todo es igual que ayer. Miro a papá y siento ganas de llorar. {No llores, aún es un bebé, pero acabará siendo tu mayor compañera de juegos} No sé pronunciar su nombre. Papá me acaricia el pelo. {Vas a ser la mejor hermana mayor del mundo. Eso es una gran responsabilidad} No sé qué significa ser hermana. {¿Le das tu regalo?} Mamá me tiende un peluche envuelto en papel de líneas rojas y blancas, pero Aleja es chiquitita y peluda. {Ayúdala tú} Rasgo el papel con fuerza y coloco junto a ella el peluche que papá y yo elegimos por la mañana. Una luna blanca con dos ojos gigantes que nos mira. Dos hermanas que se acaban de conocer, donde la mayor levanta la mano para tocarle la cabeza y sus padres la frenan por hacerlo con demasiada fuerza.

un boliche de fuego[22]

Miro por la ventana, Aleja baila junto al volcán. Lo hace con seres que hace años yo también podía ver y de los que ahora apenas recuerdo sus formas. *Abuela, ¿tú crees que nosotras podríamos decidir dejar de verlos?* Las dos vamos pelando las papas para la comida, cada dos segundos va comprobando cómo lo hago yo. {Te estás llevando toda la carne con la piel} Rectifico. *¿Crees que se puede o no?* {No sé} Me desanimo, esperaba una respuesta que pudiese dar alas a esa posibilidad. Algo que me aterraba hace años pasa a convertirse en un pequeño deseo. Estando fuera, no ver a Aleja me generó más tristeza que todo el alivio que pensé que tendría. Cada vez que volvía durante las vacaciones y estábamos juntas, al marcharme, era como empezar de nuevo. Esa tristeza no era por echarla de menos, sino por haberla perdido hacía años. Lloraba como papá, mamá o Abuela. Era consciente del hueco, molesto, gigante, aterrador, que había quedado dentro de mí el verano que cumplí doce años. La tristeza estaba ocupando, al fin, el lugar que todos le habíamos negado. El duelo se estaba desplegando. Yo había perdido una hermana y a mi hermana le habían arrebatado la vida. Eso que dolía continuamente dentro, pero que no me había parado a sentir. Poder verla me negó espacio en la pena que todos sentían, no tenía derecho a duelo. Abuela me chasca los dedos. {Te quedaste en Babia} *Abuela, ¿realmente crees que no se puede?* {No lo sé, ya te lo dije. Nunca lo he pensado y nunca lo pensaré. Tú tampoco deberías} Las palabras de Abuela me caen como un puñete. *Y entonces ¿nos resignamos y ya está? ¿Vivimos toda la vida soportándolo? ¿A ti esto no te duele?* Abuela no me mira. *Porque yo quizás quiera otra cosa. Porque quizás yo también quiera ser como los demás y no verla cada día muerta y chiquita.* Me doy cuenta de que le estoy alzando la voz a Abuela, enfadada y salvaje. {Lo que se hereda es como un boliche rodando escalera abajo. Es imposible escapar de su ruido} Ella habla bajito, como para sí misma. Tío Félix entra en la cocina y Abuela le tiende el caldero lleno de aceite. {Toma, fríe tú las papas} Se va y yo no hago nada. *Todo esto es una putísima mierda.* Lo suelto y Tío Félix me tiende un paño para secarme la cara.

una pregunta[12]

¿Puedes dormir?
No.
¿Te puedo hacer una pregunta?
Sí.
¿Cuál es el animal más peligroso?
No lo sé.
¿Estás enfadada conmigo?
Sí.

globito[18]

<u>No es malo.</u>

Lo sé. Voy a apagar la linterna.

Las dos miramos El Ahorcado. La noche está apagada, solo sus dos esferas blancas y brillantes nos iluminan.

¿Tú recuerdas lo que te pasó?

<u>¿Cuándo?</u>

Después de discutir.

No me contestes porque me da miedo.

<u>Un montón de estrellas bajaron y las seguí hasta que me guiaron al volcán.</u>

¿Pasaste miedo?

<u>No. Sabía que tú aparecerías.</u>

PERDÓN. Cuántas veces querría decírtelo y cuántas veces no me atrevo.

¿Te gustan las estrellas?

Las dos nos tumbamos encima del rofe y hacemos angelitos negros.

<u>Mucho.</u>

Esta noche no jugamos. Solo somos dos hermanas tendidas

sobre las piedras que no le temen a la oscuridad. Al menos cuando estamos juntas.

¿Me cuentas una historia?

Había una vez dos cachorros de perro que crecieron solitos.

La tierra se siente caliente debajo de nosotras.

Solo se tenían el uno al otro. Por eso se mordían, porque no podían morder a nadie más.

El volcán nos mece.

Hasta que un día, uno se perdió.

Me entra el sueño. Siento que nos hundimos entre el picón. Bajamos hacia donde resplandecen más estrellas. Hay bichos carreteros. Hablamos su idioma. Aleja y yo nos damos la mano y flotamos. Ella me pide que este cuento no termine triste. El volcán nunca nos quiso hacer daño.

en nuestra amistad hay hueco[22]

Clara y yo nos despedimos antes del control del aeropuerto.

{Gracias por enseñarme los volcanes por dentro}

Nos abrazamos.

{Las puertas de mi casa están abiertas}

Nuestra amistad es un espacio donde las infancias de las niñas raras brillan, incendiadas y sagradas.

¿y si nunca más nos volvemos a ver?[15]

Me despierto con el pijama pegado al cuerpo. Es de madrugada y mamá duerme. Intento olvidar el sueño y la violencia. *¿Aleja?* La busco por la habitación. Por el pasillo. Por la casa. En la terraza. El pensamiento de perderla se me atora en la garganta. Desconozco si es posible que yo también pueda dejar de verla, de golpe, sin esperarlo. El agobio me escuece como una herida abierta. Cuando me asomo al cuarto de mamá, olvido la idea de despertarla. Me siento en la cama, las sábanas me molestan. Ella, que no duerme, que no come, que solo observa el mundo cuando no me tiene para hablar. Las palabras que nunca me atrevo a decir me aprietan dentro de la boca. El Ahorcado luce en mi mente como una respuesta y mi cuerpo se mueve por instinto y necesidad. En la calle, la noche es fría. La lengua de vaca brilla fosforita sobre el rofe oscuro como una aguaviva. La bruma está baja y me moja las manos. La oscuridad me engulle, camino enfrentando el miedo. Dejo atrás El Cuchillo, siguiendo la carretera que solo conozco desde el coche. Cuando las últimas casas quedan atrás, solo soy yo con el paisaje oscuro y aterrador que me rodea. Me achico. Estoy sola en este mundo y esto es lo que me queda. Poner un pie delante del otro. Un pie delante del otro. Cada día. Caminar hacia mi hermana. Aprender a decirle te quiero, lo siento, te echo de menos, no te vayas también de mí. Aprender a conversar con ella cuando nadie nos ve. Vivirla en silencio. Eso es todo lo que significa la herencia que me explica Abuela. La herencia duele porque nadie te quita la muerte. No la hace más soportable. Aleja murió por mi culpa y ahora tengo los dedos cruzados para seguir viéndola.

reenvía este email a diez personas que quieras mucho[22]

¿Te importa que guarde esto? Señalo el castillo de juguete. No, total, ya no lo usamos. *Bueno, no sé si cuando estás sola, sí.* No. *Vale. Pero ¿te molesta?* Te estoy diciendo que no. Me da pena, pero lo entiendo. *Me gusta más quedarme en esta habitación. Es la nuestra. Pero me duele verla así.* Que lo entiendo. Aleja está sentada en el suelo. Si pudiera, te ayudaría. Me sonríe. Yo también lo hago y sigo metiendo juguetes en cajas. Sé que a papá no le gusta que duerma en esta parte de la casa, pero es mi cuarto. Guardo libros de la infancia, peluches y juegos. Abro cofres que encuentro y leo cartas que las dos nos escribíamos, veo fotografías y entradas de cine. Todo eso lo aparto a un lado. En una de las fotos, aparecemos Aleja y yo frente a los ordenadores del BAR. *¿Te acuerdas?* Sí. Me encantaba jugar a los juegos esos de escapar de una habitación. Agarro el portátil y me siento en el suelo junto a ella. *Bueno, ahora que sé inglés seguro que nos podemos pasar alguno.* Aleja se emociona.

Voy traduciendo el juego en voz alta para que ella me oiga. Es más fácil así y se siente menos peligroso. En el momento en el que hago clic sobre la cerradura de la puerta y se abre, Aleja y yo damos un brinco. Nos hemos pasado el juego por primera vez. Mamá se asoma y observa las cajas, la habitación medio pelada y la cama llena de papeles. Me mira y adivino su frustración. {No sé por qué tienes que tocar las cosas que no son tuyas} *Lo sé. Pero es lo que yo necesito.* {Siempre con el yo por delante} Se marcha dando un portazo y me tapo la cara con las manos, sé que Aleja me mira. No le hagas caso. Creo que estás haciendo lo que hay que hacer. Querría abrazarla, pero no puedo. De pronto, me acuerdo de la noche en la que mamá nos abrió una cuenta de email a cada una y agarro el portátil de nuevo. *Vamos a ver qué nos escribíamos.* Me meto en el mío primero, que dejé de usar sobre los catorce años, y después de saltar páginas de correo basura, llego a los que Aleja me había enviado diez años antes. El corazón se me llena de arrugas al leerlos. Siempre tenía una palabra linda que dedicarme. Yo nunca le contestaba a ninguno. ¿Podemos entrar en el mío? *Claro.* Aleja me dicta su contraseña y descubro que es mi nombre del revés. Cuando nos metemos, en su bandeja de entrada solo hay emails de mamá enviados durante todos estos años. El último, hace apenas un mes.

hay tantas cosas que no sé[13]

Abuela.
{¿Hum?}
¿Tú celebras el cumpleaños de tu mamá?
¿Qué hago yo cuando sea el de Aleja?

cada casa por dentro es un hueso roto[22]

De: Mamá

Enviado: Hace dos años

Para: Alejandra

Asunto: mi niña cgjfuiquitita sigo tan enfafafsa y triste piendfdo que daria lo jre fuera de nmi vida lo quer fuera 5 años f10 toda mi vida entergra con tafnr de abrazarte slo una vrez masdff

Mensaje:

................::Lgbd

el dieciocho, los ojos[18]

¿Sientes miedo? La voz dulce de Aleja. Sí, nunca he salido de la isla. No sé qué esperar de vivir en otro lugar. No sé si me gustará lo que estudie ni si seré buena en ello. No sé hacer amigas. No sé cómo voy a hablar de ti, si en presente o en pasado. *No.* ¿Y tienes ganas? Siento un deseo excesivo. Quiero irme de aquí. Alejarme de papá y mamá. De este paisaje triste y seco. Dejar de ver ojos donde no existen. A mamá, llorar. A papá, como si nada hubiera pasado. Quiero dejar de jugar a esa mierda de juego contigo. Necesito que entre gente nueva en mi vida donde este tema sea secreto, donde no haga falta mencionarlo. Quiero irme porque quiero huir. ¡Que si tienes ganas! *¡Que sí!* Le alzo la voz y me arrepiento al instante. Sé que le he hecho sentir mal. Ella se queda aquí sin que nadie la note ni la mire. *Lo siento. Todo esto me tiene nerviosa.* Aleja señala el peluche de la luna que reposa encima de mi cama. ¿Te lo llevas? No quiero llevarme nada que me recuerde a esto, pero no lo entiendes. Es injusto decirlo hasta para mis adentros. Lo cojo. *Claro que sí.* Te falta una pregunta, Aleja. Ya has preguntado por el miedo y por las ganas, pero te falta la culpa, dos colmillos que me mordieron la mano la noche que peleamos, dos colmillos que no me han soltado todavía. Esos dientes llevan apretando después del verano desde que papá y yo decidimos que me iba. *Lo siento.* ¿Por qué? Porque tú tendrías que habitar el cuerpo y la mente de una chica de dieciséis años y estarías vigilando que en mi maleta no cayera ninguna prenda que no fuese mía. *No me gustaría que lo pasaras mal mientras yo no estoy.* Pero tienes diez años y siempre tendrás diez años. Por eso juegas con el volcán y mis amigos imaginarios, porque tú perteneces a esa realidad. Yo recuerdo vagamente las formas que tenían, mientras que tú los vives, porque en tu mente, ahora, ya y para siempre, todo es un juego y todo existe solo si yo te lo cuento. Oye. *Dime.* ¿Tú crees que podremos hablar por teléfono? Mastico la culpa, el miedo, las ganas, la pena, hasta tragarlo todo. *Ojalá que sí, Aleja.*

tirma[10]

Somos las primeras en sentarnos a la mesa. Luego lo hace Tío Félix, que va doblando servilletas y colocándolas al lado de cada plato. Abuela, yo quiero poquito. {No empecemos} Coloca la bandeja de plástico amarillo sobre la mesa y yo agarro un trozo de queso y un poco de bizcocho de millo. Aleja suspira. Yo quiero poquito, hoy no tengo mucha hambre. {Tú nunca tienes hambre} Coloca delante de mí un plato hondo lleno de potaje de lentejas. Aleja lo mira espantada. ¡Yo menos que eso, eh! A mí pónmelo en una taza. {En un biberón te lo voy a poner} Coloca otro plato hondo delante de Tío Félix y Aleja se lleva las manos a la cabeza. Eso es mucho, me susurra, pero yo me encojo de hombros. Abuela se sirve su plato. ¿Y el mío? {Para ti no hay} Bueno, sí, un poquito más que sea. Tío Félix sonríe y una punzadita de envidia se me clava dentro. Abuela le pone un cuenco del desayuno con dos cucharones de potaje. {Venga, come} Es mucho. Abuela suspira. {Diablillo endemoniado, que comas} Aleja pone cara de ruin y escacha queso y bizcocho de millo encima del potaje. A cada cucharada habla y habla y habla y habla. Los demás comemos en silencio. Cada vez que abre la boca, Abuela se la tapa con un paño. {Que te calles y comas} Aleja se ríe.

Abuela nunca la regaña por no terminar la comida, riñe con ella, pero mi hermana siempre deja algo. Yo, en cambio, como y si puedo, repito. El paisaje de todo lo que nos diferencia se vuelve a levantar aquí. {Son la noche y el día} De postre, Abuela saca sandía y nos corta una lasquita a cada una. Aleja y yo decimos que en su casa existe el prepostre y el postre. Primero la fruta, luego el chocolate. {¿Quién quiere una chocolatina?} Aleja y yo levantamos la mano. Vemos que Tío Félix no. *¿No quieres?* {No me apetece ahora} Abrimos nuestras chocolatinas. Aleja, tras terminar, se baja de la silla y va junto a la pila donde Abuela está fregando los platos. Abuela, Tío Félix dice que al final quiere una. La oímos susurrar y él y yo nos miramos. Aleja llega con la chocolatina en alto y se sienta al lado de Tío Félix. Tú te comes la mitad y yo te ayudo con la otra mitad, ¿vale?

somos mil cosas[22]

Mamá tiene la raíz blanca y los surcos marcados. La observo como si fuera una persona distinta y me doy cuenta de algo incómodo: para ella también han pasado veintidós años. Está comiendo los higos porretos que le traigo de casa Abuela. Sus dedos son finitos y se mueven rápido. Esos mismos dedos que escribieron todos los emails que yo leí sin su permiso. Es mi madre la que está frente a mí y al mismo tiempo una mujer que contiene miedos y deseos. Es una mamá que perdió una hija. Es una niña chica que busca la desobediencia de su madre. Es una persona que asimila y encuentra en la bebida una forma de hacerlo todo más soportable. Somos dos mujeres que también existen cuando la otra no mira. {¿Aleja está aquí?} Ruedo los ojos. *No, mamá.* {Ah, vale. Pero está bien, ¿no?} Es una mamá preguntando por la hija que ya no alcanza. *Mamá, he estado pensando en una posibilidad.* {Tú nunca vienes con una idea buena} Es mi madre y nunca empatiza conmigo. *A ti nunca te parece bien nada de lo que yo hago.* Soy una hija que ve injusta a su madre. {Venga, dime} Es una mamá que nunca lo hace fácil. *Creo que quiero dejar de ver a Alejandra.* Mamá aparta los higos porretos y sopla el aire. Ya no me mira. *Te lo cuento.* Soy una hija que no es capaz de actuar sin la aprobación de su madre. *Pero es mi decisión.* Alarga el silencio. {Tú nunca te mereciste nada de esto. Yo lo hubiese hecho mejor} Mamá habla con la voz rota. *A mí nadie me preguntó si yo quería esto. Te cambiaría el lugar ahora mismo.* No me mira, solo llora con las manos en la cara. {Ni una sola lágrima te he visto caer en todos estos años} Soy una hija que mira atónita a su madre. *Te crees que por mucho que yo la vea sigue viva y no es así.* Es una mamá que mira furiosa a su hija. *Está muerta, por mucho que nos duela, incluso para mí.* Pronuncio palabras que se me astillan en la boca. *Nunca ha habido espacio para mi dolor porque he pasado todos estos años sosteniendo el de ustedes.* {¿Disculpa? Tienes una suerte que cualquier persona querría y no valoras una mierda} Ver a mi hermana es un recordatorio de que vivió algo horrible. De que ella está muerta y yo estoy viva. *Para ti es una virtud, pero es un engaño, mamá.* Soy una hija, una hermana, una nieta, una prima, una niña ruin, una mujer asustada, una chica mediocre, un animal rabioso. *Pero tú qué vas a saber si nunca lo has podido vivir.*

el noventa, fin de juego[90]

Cuando me despierto, el gato me mira. Sus ojos, como dos perlitas enlatadas, brillan en lo oscuro. Estamos en la madrugada y nadie se ha levantado aún. Apenas noto el resto de mi cuerpo, anticipo lo que se viene. No siento miedo ni pena ante la muerte, pero sí un fisquito de rabia al pensar que yo tendría que haber sido la primera. *Vamos, llévame donde tenga que ser.* Le hablo al gato para que me guíe. Cierro los ojos y pienso en lo que vendrá después. Creo con fuerza en reencontrarme con todas las caras que quise y me dejaron en un tiempo u otro. Pienso en todas y cada una de ellas. Pero existe una, chiquita de pelo negro, que brilla por encima de todas. Mi consuelo ante la muerte es reencontrarme con Aleja.

una carrera[22]

Alcanzo la cima de la loma con el pulmón medio fuera. Me lleno la boca de aire y noto el dolor en el costado izquierdo. Aleja, en cambio, llega a mi lado como lo hacen las nubes cuando se deslizan por las montañas, suavita y sin prisa. Desde aquí arriba veo El Cuchillo y la casa partida en dos donde mamá llora y papá hace figuras de cerámica porque no sabe llorar de otra manera. Desde aquí también se ve La Santa, más lejos y emborronada, donde Abuela vive sin hacer mucho ruido porque teme que todos los males un día se levanten. Miro ese paisaje alargado, quemado y roto, bruta del enfado. ¿Gritamos? Cuando éramos pequeñas gritábamos a poco que nos alzásemos. Desde una mesa o los hombros de papá. Sentíamos el cuerpo vibrar por dentro. Algo mágico ocurría después que nos dejaba más tranquilas. *Vale. ¿Qué gritamos?* Algo que queramos que todo el mundo sepa. *Vale. Empieza tú.* ¡¡¡¡¡Mi animal favorito son los perritos!!!!!! El mundo no te oye pero yo miraré a cada perro con el amor que tú les tienes. Te toca ahora a ti. Di tu verdad verdadera. Estamos hechas de fuego porque estamos llenas de rabia. *¡¡¡¡¡No puedo salvar del dolor a mis padres!!!!!!*

en la vida, sigues cumpliendo años[22]

De: Mamá

Enviado: Hace siete años

Para: Alejandra

Asunto: hoy cumples trece años

Mensaje:
Feliz cumpleaños, mi niña del alma. Te quiero hoy y cada día de mi vida

el treinta, el león[30]

Mi madre abre la puerta de la habitación con los ojos resplandecientes.

{¿A que no sabes a quién estoy viendo?}

La voz le estalla en chiribitas de felicidad.

¿A quién?

{A tu Abuela}

Entonces Abuela ha muerto. Su pérdida se mezcla de forma extraña con el alivio de saber que mi madre por fin ve a su muerto y que probablemente eso ponga fin a su empeño por atravesar la frontera. Me abraza con fuerza.

¿No te pone triste?

{¿Por qué?}

Porque acaba de morir.

{Para mí no. Para mí sigue viva}

Soy incapaz de decirle nada negativo, aunque solo vea algo horrible en esta herencia. Las dos nos separamos cuando suena el teléfono en el recibidor. Abuela no querría que nadie la viera. Pero mamá no va a soltar su capricho.

{Será Tío Félix, para darnos la noticia}

tu décimo cumpleaños[22]

Al bajarme de la guagua, el brillo de las casas blancas me golpea los ojos. Miro hacia el varadero, las olas están bravas y se oyen cuando rompen contra las rocas. Me acerco hasta el garaje de la casa de Tío Tomás, donde la prima tiene su peluquería. Está la puerta abierta y veo la cabeza de Abuela llena de platina. {Os, ¿qué pasó?} La prima va lavando la cabeza a otra vecina. El garaje huele a humedad y champú. *¿Dónde está el cumpleañero?* {Adaaay} La prima grita y nos sobresalta a todas. Aday aparece por la puerta con la cara regañada. {Está molesto porque no le dejo ir solo a la marea y tiene que esperar a que termine con las chicas de oro} Abuela la mira {Ay, mujer, si es solo bajar la cuesta} {Las que sean, él sabe que solo no va} Pienso en las veces que Aleja y yo nos movíamos sueltas y sin compañía, escapadas de la mirada adulta. *Yo voy contigo.* Aday, que vive con el bañador puesto, me da corriendo la mano. {No sabes el favor que me haces, pri} *Tranquila.* {Luego partimos la tarta en casa Abuela} Yo tomo de la mano a Aday y salimos del garaje-peluquería. Bajando la calle, una de las vecinas sube con apuro. {¿Tendrá tu madre cita para hoy?} Aday se encoge de hombros. {Creo que hoy no atenderá por la tarde} Cuando llegamos al varadero, nos quitamos la camiseta y las colocamos a modo de toalla, poniendo piedras encima para que no se vuelen. Bajamos con cuidado al varadero y Aday no tarda en meterse hasta la cabeza.

El sol nos seca la piel ensalitrada. Los pelitos rubios de Aday le brillan sobre la piel tiznaíta. Hoy es su cumpleaños y cumple diez. El próximo año, serán once. *Aday, ¿tú sabes ya qué quieres ser de mayor?* Me mira. {Peluquero, como mamá, y surfista} Tú no sabes que tienes la misma edad que tenía Aleja. Quizás tampoco sepas que tienes otra prima de la que apenas nadie te habla. Aún eres pequeño y todos te protegen. Te gusta el mar, casi tanto como le gustaba a ella. No sabes mucho del Mundo Adulto y te enfadas cuando no acompañan tus deseos. Tienes un abuelo y una bisabuela. No conoces la herencia aún, pero eso ahora mismo no importa. Hoy es tu décimo cumpleaños.

sepelio[10]

No te muevas. Aleja me coloca el pelo haciéndome cosquillas, pero no puedo hablar porque estoy muerta, metida en una caja de cartón, con las manitas sobre la barriga apretadas y sudadas. Abro un ojo y la veo poniéndome camelleras y teresitas, que cogimos del patio, metiéndomelas entre las manos. La radio que le robamos a Abuela está encima de la cama y suenan canciones de misa. Todos nuestros peluches nos rodean y lloran porque me he muerto y Aleja les ofrece café y agüita. Les consuela. Ya está descansando en paz. La miro con el rabillo del ojo, abrazándoles y cogiéndoles de las patas. Mi más sentido pésame. Yo vuelvo a cerrar los ojos y me imagino entrando en un cielo donde está Perrita Aurora con dos alas y un círculo brillante sobre su cabeza. {Pero qué carajos están haciendo} Aunque oigo a mi padre, sigo con los ojos cerrados. En los sepelios se habla bajito, pa. {A esto no se juega} Papá apaga la radio y deja de sonar el avemaría. {Venga, arriba} Me agarra por los brazos. No puedes, Dios la tiene en su gloria. Yo me resisto, pero me saca del juego. {Esto es por culpa de su Abuela, por llevarlas con ella cada vez que muere alguien} *Y qué pasa.* Papá deshace el ataúd de cartón y se lo lleva. {Jueguen a cosas normales. O pónganse a hacer los deberes, pero dejen las ruindades} Aleja le enseña la lengua cuando él nos da la espalda.

Al próximo no le invitamos, por aburrido.

te confieso[22]

{Me sentí tonta por no entender su muerte} La voz de mamá carga vergüenza. {El día que compré la ropita del entierro agarré también unas medias. Solo podía pensar en el miedo que me daba pensar que mi chiquita pasara frío}

dos niñas y una perrita[22]

Dos niñas, con dos años de diferencia, y una perrita, que morirá dos semanas después, miran al objetivo de la cámara. Las niñas sostienen cigarros sin prender en las bocas. {Míralas, qué graciosas}

una búsqueda[15]

La pantalla me ilumina la cara. Es la única luz prendida de la habitación. Llevo media hora delante del buscador. Escribo: «Encuentran el cadáver de una niña de diez años en las costas de Lanzarote». No me atrevo a darle al intro. Aleja está sentada en el suelo mirando las pegatinas fosforitas del techo. Me da miedo lo que no conozco. Cierro el portátil con ganas de estamparlo contra la pared.

ves el daño y lo reconoces[22]

{¡No tardes!} me grita mamá desde la ventanilla del coche. Una cara familiar me atiende al otro lado del mostrador: la primera amiga que tuve y que perdí. La amiga que adivinó mi futuro en las cartas. Mi voz es tímida cuando pido la bandeja de donuts de batata que le quiero llevar a Abuela y Tío Félix. Miro la palmera de chocolate. Aleja siempre se pedía lo mismo. No recuerdo cada cosa que pasó durante los diez años que estuvimos juntas, hay momentos en los que las discusiones parecían lo único y muchas veces necesito tener la fe en que hubo espacio para el cariño. Le sonrío cuando nos miramos, pero sé que no es a ella, sino a las niñas de doce años. {¿Estás pasando aquí el verano?} *Sí, creo que estaré más tiempo, pero con vistas a irme otra vez. ¿Y tú?* {Lo mismo. Estoy aquí ayudando a mis tíos para ahorrar y hacer el máster} No sé qué estudiaste. De pequeña querías ser médico. *Espero que te salga todo bien.* Me tiende la bandeja. Cuatro donuts y ninguna palmera de chocolate.

Mamá se pinta los labios de rojo. Lo hace cada vez que se aburre. Cuando me ve, me mete prisa con las manos. Los coches cruzan a gran velocidad. La carretera que parte el pueblo es la más peligrosa. {Oye} Mi amiga de la infancia se sacude las manos en el delantal. {Espero que todo te vaya bien también} *Gracias.* Nos miramos nerviosas. La intuición me pellizca. Ella abre la boca y lo deja salir. {Llego tarde, pero sé que fui mala amiga. Lo siento muchísimo} Gracias. En mi cuerpo no hay enfado ni rencor, éramos pequeñas. Pienso en lo injusto de exigirnos actuar bien cuando nadie nos podía enseñar. Al final Aleja y yo éramos así. Dos cachorros mordidos por ellos mismos y por el mundo. *No te preocupes. De verdad que lo entiendo.* No nos tocamos, pero sus manos revolotean como si quisieran. {No mereciste nada de lo que te pasó. Ni tu hermana} Las últimas palabras las dice casi susurrando. Mi hermana es un secreto porque la muerte lo es. Mamá aprieta la pita para apurarme. Julia escribe con rapidez y me tiende un papel. {Solo si te apetece} Es su número de teléfono. Las dos nos miramos porque es lo poco que alcanzamos a hacer. Las niñas de doce años querrían abrazarse, pero las de veintidós no sabemos. La panza de burro deja entrar un poco de sol. Ilumina nuestras caras.

hazme la promesa[22]

{¿Tú me prometes una cosa?}

¿El qué?

{Nunca te quites tú la vida por dejar de ver a tu hermana, por lo que más quieras. No lo soportaría}

Abuela, nunca he pensado en eso. ¿Por qué me lo dices?

{Acuérdate de la canción. Piensa en lo que dice}

Un hombre se ahorcó, un hombre se ahorcó. Para dejar de ver a su amada, que muerta se le apareció.

Estate tranquila. Te prometo que jamás haría algo así. Existe otra forma, estoy segura.

Dios y la Virgen[22]

Comemos en silencio para evitar discutir. El entrechocar de los cubiertos contra los platos es lo único que se oye. Con mamá delante, ninguno habla de sus muertos, porque mamá se confunde y los piensa aún con vida. Las cosas siguen sucediendo fuera de la herencia y es lo que hablo con Abuela. Lo que aprendo, lo que miro, lo que escucho, lo que temo, lo que amo. Ella me escucha vivir sin devolverme la culpa. La sostiene, la aparta a un lado y la hace minúscula, para retenerla lo suficiente antes de volver a su estado natural. Abuela me comprende, porque las dos estamos atravesadas. {Ay, Dios} Su suspiro rompe el silencio. Si hay Dios, hay Virgen, suelta Aleja, que está apoyada en uno de los laterales de la mesa mirando con aburrimiento. A mí me da la risa floja. {¿De qué te ríes} Mamá me mira severa, pero la risa cada vez es mayor. Aleja y yo nos reímos. Tío Félix me mira. Abuela me tiende una servilleta para limpiarme las lágrimas, pero soy incapaz de parar de reír. *Perdón,* digo, antes de que mi madre se levante y vaya hacia la cocina. {¿Qué dijo?} Abuela me susurra, quiere el chisme. *Que si hay Dios, hay Virgen,* le digo a trompicones. Los cuatro reímos, en bajito, a escondidas.

mira este monstruo[7]

Estoy dibujando. Aleja aplasta sus manos redondas sobre la mesa del patio. Una flor de la buganvilla cae entre los lápices de colores. ¿Qué dibujas? *Esto.* Señalo el jardín de Abuela. *Las flores, el sol, el volcán.* Voy señalando cada elemento. ¿Y a mí? *No, a ti no.* Mira los papeles que hay debajo del que estoy usando. ¿A ver? Se los muestro. Un caballo con dos alas. La luna. Dos perros que ladran. Monstruos. *¿Cuál te gusta más?* Este. Aleja señala el volcán. *Pero no está acabado.* ¿Qué le falta? Las dos miramos el dibujo largo rato. Busco el lápiz amarillo y dibujo dos puntos debajo de la línea que da forma a la figura redonda del volcán. ¡Son dos ojos!

una cruz[22]

Solo me traje los dibujos que sentía especiales. El resto los tiré. Los miro encima de la mesa, una última vez, antes de guardarlos. Mis calificaciones fueron suficientes, nunca resalté ni hice nada espectacular. {Pintas con miedo} Recuerdo las palabras que la profesora pareció lanzar sobre mí como un aviso. {¿Qué es esto?} Mamá me asusta e intento guardarlos deprisa, pero ella agarra uno. Dos niñas subidas a un caballo. Un caballo que salta por encima de un volcán. {¿Son de la carrera?} *Sí.* {Nunca me has enseñado nada de lo que hiciste} *Bueno, solo son ejercicios de clase.* Mamá los mira con una atención nueva. *Solo me traje los proyectos personales* {¿Y los demás?} *Los tiré. Acabé harta de los bodegones.* Mamá se ríe. {Habría que verte pintando regañada} Pinto con miedo porque estoy llena de ellos. Pero cuando me permitían libertad en la pintura, todo el sentimiento reposaba en un lugar ajeno. Fuera de mi cuerpo. Y eso me bastaba. {Me gustan mucho} Las manos de mamá son delicadas sobre las hojas. {No te he visto pintar aquí} Me encojo de hombros. {Deberías hacer algo con todo esto} *Mamá.* {Dime} *¿Tú me quieres?* Mi boca actúa desconectada de mi mente. Tres palabras que suelto como piedras. Tres palabras que pronuncian todas mis edades. Mamá me mira con sorpresa y a mí se me rayan los ojos. {¿Por qué me preguntas eso?} *Porque fue mi culpa.* Esas cuatro palabras que vivieron diez años dentro de mí han dejado de asfixiarme. Mamá me abraza en el momento que me rompo. Lloro delante de ella por vez primera. {No fue tu culpa, nunca fue tu culpa} Mamá me aprieta contra ella. Me lo susurra veinte veces. Me llena el pelo de besos. {Lo siento. Me demostraste que no te hacíamos falta. No tuve que batallar contigo para que fueras responsable. Lo hacías todo por ti misma. Te mostrabas tan fuerte que no estuve atenta. Lo siento} No quería ser fuerte, tan solo ser querida. {Siento haberte permitido pensar eso durante tantos años}

el treinta y seis, la sangre[36]

Este bebé, que es mi hijo, me mira con ojos familiares. Él aún no nota mis miedos *¿Cómo va a influir mi infancia en la tuya?*, le pregunto en voz bajita. *¿Tendré valor, algún día, de contarte la historia de las dos hermanas y el volcán?*

lo hago para salvarme[22]

Este mundo es cruel, despiadado. Y, aun así, lo vivo empeñada en encontrar belleza. Habito mi cuerpo con incomodidad. Comparo mis manos adultas con las de Aleja. Soy la única de las dos que puede cambiar. La vida está sucediendo y yo pido perdón. Perdón por comerme este trozo de tarta. Perdón por besar a esta persona. Perdón por reírme. Perdón por salir de fiesta. Perdón por volver tarde a casa. Perdón por graduarme. Perdón por irme de la isla. Si pudieras cambiarte el nombre, ¿cuál sería? Aleja repite las preguntas. Solo me habla de lo que conoció durante diez años, luego el mundo la dejó fuera. Yo se las contesto cada vez. Mi paciencia con ella es infinita. Mi tiempo es suyo. Si me pide jugar con el volcán, lo hacemos. Si me pregunta, contesto. Me cuenta lo que hace cuando yo no estoy. Descubro que el mundo que ahora habita es el que yo imagino. Lo que dibujo, ella lo vive. La imaginación es el lugar donde crecimos. *¿Qué quieres que te dibuje?* Por primera vez lo hago estando aquí. Me doy cuenta de las veces que me he despegado del miedo por ella. Agarro papel y ceras manchonas. Miro a Aleja. Quiero que vivas un mundo lleno de belleza. A Perrita Aurora y a mí. No sé si algún día tendré el valor de dejar de verte, pero, si no hay cielo al otro lado, comienzo a inventarlo para ti.

el veintiocho, el cerro[28]

Estamos los cuatro sentados en la terraza de mamá. Compartimos jugo de mango. *Cuando Aleja y yo éramos pequeñas, le decíamos a Abuela que íbamos a bañarnos al varadero, pero realmente nos colábamos en el hotel que está a las afueras.* Mi hermana se tapa la boca ahogando una risa. Ya he soltado la confesión. {Con razón uno no sabía adónde iban a bañarse} {¿Nunca las pillaron?} *Nunca.* Los dos se ríen. {Tu hermana hacía todo lo que tú le dijeses} Hablar de Aleja es difícil, pero lo intentamos. Estamos aprendiendo a dar hueco a tres duelos distintos. Ya no pelean por ocupar un espacio más importante que el resto, dejamos que se den la mano. {La echo tanto de menos} La voz de papá se corta y los demás no nos asustamos. La vida es muy larga para vivirla cargada de culpa. Somos una familia en la que todos han perdido a la misma persona. Existe «huérfana» para nombrar la pérdida de los padres, pero ninguna para nombrar lo que es perder a una hermana. Cuando el lenguaje no alcanza, nace la rabia, pero estoy aprendiendo, igual que ellos. No sé cómo la vida adulta nos hubiese mordido a Aleja y a mí. Si hubiéramos discutido por la herencia material. Si una hubiese acabado viviendo fuera de la isla y la otra no. Si simplemente el amor no se hubiese dado entre nosotras. No sé de las discusiones ni los desacuerdos. Mamá le tiende una servilleta a papá. Este dolor va a convivir con nosotros toda la vida. *Les tengo dos noticias: me han dado la beca para la residencia artística. Me iría después de comenzar el año.* Papá y mamá me abrazan. Comparten su felicidad conmigo. Un cuerpo tiene espacio para muchas emociones. *También quería decirles que he tomado la decisión.* Miro a Aleja. Nosotras ya lo hemos hablado. Si hay algo que la muerte no te quita es el amor. Aleja me quiere. Aleja es la persona que más quiero en el mundo. Me vuelvo a ir. De esta isla, que se abre y se cierra. De esta isla, de la que entro y salgo. Pinto cada día para que Aleja tenga diez años rodeada de belleza y juego. Pinto y vivo por nosotras. Llegó el momento de romper la herencia.

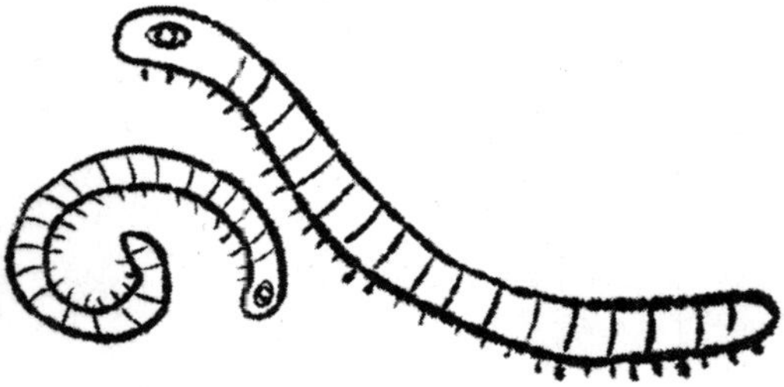

dos ~~bichos~~ hermanas

el sesenta y cuatro, el llanto[64]

Veo dos mariposas. Somos Aleja y yo en otro universo.

es imposible que yo te olvide[28]

Caminamos juntas hacia El Ahorcado. El lugar donde guardaré la herencia de mi hermana. Mis pies resuenan sobre el rofe. Es de día y el volcán luce hermoso. Aleja tiene diez años y el pelo negrísimo. Nos sentamos sobre la tierra cuando llegamos junto a él. He dibujado un lugar para mi hermana. Todas las cosas que le gustan. Un mundo sin peligro para su infancia infinita. Yo seguiré aquí. «Aquí» significa muchas cosas. Seguiré arrebatada y buscando la palabra que nombre este hueco. Cuando me levanto, toco la pared, será la primera vez que no salga corriendo. La última vez que juegue. *Te quiero.* Mi hermana me lanza un besito volado. Pienso en el egoísmo y dejo que el sentimiento me estruje por dentro. Soy tantas cosas... Ninguna sobresale ya por encima de la otra. Todos los nombres encierran más de un significado. Una se nombra con las palabras de los otros hasta que aprende a dejar un poco de hueco a su propia voz. *En la próxima, seremos dos bichos carreteros.* No tengas prisa. Camino sola en dirección a la cocina de Abuela; cuando me giro, veo los ojos brillantes del volcán, los monstruos del color del piche, a mi hermana Alejandra. Toda mi infancia recogida en un lugar en el que dejé que mi imaginación corriese libre e indómita. Un trocito de paisaje que transformé para soportar un mundo que no alcanzaba a responderme, donde me refugiaba de la ferocidad de la vida. A todos les estoy diciendo adiós.

imposible[28]

Abuela y Tío Félix aún no han llegado a casa. Yo me abro un botellín de cerveza de los que escondo en la nevera del garaje. Miro por la ventana hacia El Ahorcado. Un volcán redondo y precioso. De diferentes tonos de marrón. Sin ojos. Sin monstruos. Sin hermana.

agradecimientos

Gracias a papi y mami por acompañarme en cada momento. Por permitir que creciese en una isla mágica y rodear mi vida de belleza y ternura.

Candela, Duli, Dule, Calela, te quiero, nuestra infancia fue el lugar más divertido del mundo.

Gracias a David por hacer de la vida juntos una pijamada constante. Qué bonito es pensar que escribí esta novela siendo novios y que entre la entrega del manuscrito y su salida vivimos la boda más guay que pudimos celebrar. Te quiero para siempre.

Gracias a Bea por unir nuestras infancias en quinto de primaria. Sé que esta amistad ya es para toda la vida.

Tayri, Sofía y Aida. Gracias por ser la cara dulce de la amistad que llega durante la veintena. Por mirarme y permanecer en cada una de mis versiones. Por existir con las de ustedes enraladas e incendiadas.

Alejandro Marín, gracias por ser mi primer editor. Por abrirme esa puertita ante el mundo. Por confiar en mi escritura y acompañarme en este proceso. Eres brillante.

Gracias a Zule y David, de Antípoda, por salvarme el último

mes de escritura con sus galletas de pistacho. También al chico que me vio llorando en la Biblioteca Insular porque no se me encendía el portátil y me dijo «tranquila, piba, no llores, que seguro que apruebas en septiembre <3».

Juli, mi hada madrina. Gracias por todos los abrazos que me has dado y que me han ayudado a sostenerme en esta isla de la que constantemente escribimos y hablamos. Gracias también a Ale, Pabli y Carlithia, que me miran con ojos tan buenos que me ayudan a limpiar las dudas que casi siempre llevo encima. Son mi Flora, Fauna y Primavera.

Siempre seré más de gatos aunque siempre escriba más sobre perros. Gracias a Canela y Matilda por tenderme sus patitas de gato.

Gracias a Luna por ver un brillo mágico en las diez primeras páginas de la novela.

Gracias al equipo de Reservoir Books por sus lecturas generosas y la labor profesional que ha puesto cada uno, desde su área, para que este libro exista y lo tengamos ahora mismo en nuestras manos. Y, por supuesto, gracias a Berta por acompañarme en este año de trabajo. Por aparecer después de doce horas de vuelo y dar una oportunidad a la historia del volcán. Por dejarme que te cuente sobre la isla, por ayudarme a ser la rata más resistente y por los audios en los que cuidabas de la novela y de mí.

A toda la gente que quiero y confía en mí. Mis amigues y mi familia. Por todo el entusiasmo que han compartido conmigo desde que la novela comenzó a nombrarse. Por los cuidados en las preguntas y en las comidas. Por hacerme sentir afortunadísima de tener pura vida y pura belleza con todos ustedes.

Y, por supuesto, gracias a todas las personas que están al otro lado del libro.